윤강은

2000년 경기도 용인시에서 태어났다.
동국대학교 문예창작 전공으로 재학 중이다.
2025년 제48회 오늘의 작가상을 수상하며
작품 활동을 시작했다.

저편에서
이리가

저편에서 이리가

오늘의 젊은 작가 53

윤강은
장편소설

차례

저편에서 이리가　7

작가의 말　158

발문_ 이소(문학평론가)

인류세의 주체가 상상한 새로운 연대　162

심사평　167

언젠가 이곳에서도 짐승이 울었지

보이지 않는 순간에마저 이곳에도 짐승의 울음소리가 있었지

자명한 음(音)을 가졌으나 자명한 언어로 옮길 수 없는

짐승의 울음소리가

있었지

1

 지구의 온도는 더 이상 사람들을 주저앉히지 않는다. 사람들은 지구의 온도에서 관심을 거둔 지 오래되었다. 기온의 자잘한 변화는 그들에게 아무런 동요도 안기지 못한다.
 어차피 지구는 태어날 때부터 죽을 때까지 추운 곳.
 사람들은 새하얗지 않은 지구를 모른다. 새하얀 눈에 덮인 땅, 빙하, 불규칙적으로 쏟아지는 강설, 눈보라, 추위……. 이 같은 단어를 제외하고는 지구를 설명할 수 없다. 살아남은 사람들은 추위를 이겨 내는 법을 안다. 먹을 것이 풍부하지는 않아도 굶어 죽을 지경은 아니다. 온 세상이 빙하에 뒤덮이고 강과 바다는 얼어붙었으며 수많은 동식물이 멸종했다고 알려져 있으나 생산 지대가 남아 있다. 비교적 따뜻하고 자원이 풍부한 생산 지대에서 사람들은 여전히 농사를 짓고 가축을 키운다. 한때 지구의 온도가 최저점을 찍어 멸종할 위기였던 인간들은 가까스로 그 위기를 넘기고 지금껏 살아남았다.

한반도의 생산 지대는 남해안에 위치한 온실이다. 오래전 과학자들이 만든 수력 에너지 기반의 해양 발전소 온실. 그 온실을 생산 지대로 삼아 한반도 사람들은 동식물을 키운다. 온실의 일꾼들이 식량과 물자를 마련하면 짐꾼들이 한반도 중부와 북부로 그것을 나른다.

짐꾼에게는 강한 체력과 인내심, 무던함, 그리고 많은 개가 필요하다. 한번 이동할 때 열 마리가 훌쩍 넘는 개와 꼬박 한 달간 설원이 된 한반도를 홀로 횡단해야 하는 짐꾼에게 가장 중요한 덕목은 순간순간의 위기에 대처하는 능력이다. 돌연 휘몰아치는 눈보라부터 폭설, 화이트아웃, 크레바스까지 자연재해가 수시로 짐꾼들의 목숨을 위협한다. 숙련된 짐꾼도 설원에서 어느 날 갑자기 자취를 감추곤 한다. 짐꾼이 석 달을 넘겨도 돌아오지 않으면 사람들은 조촐한 장례식을 치른다.

유안은 한반도에서 활동하는 짐꾼 중 젊은 축이다. 그 말은 곧 유안이 빠르고 깔끔하게 일을 처리하는 데 유리하다는 뜻이기도 했고, 한편으로는 경력이 적은 만큼 예측할 수 없는 위험에 빠질 가능성이 높다는 뜻이기도 했다. 유안은 그야말로 쉼 없이 일했다. 곱슬곱슬한 적갈색 머리칼을 털모자 안에 꼼꼼히 감추고 개들에게 채찍을 휘두르기보다는 간식과 물을 주어 달래어 가며 썰매를 몰았다. 짐꾼 일을 본격적으로 시작한 열일곱 살 적부터 유안은 태어나고 자란 온실 마을에 일주일 넘게 머물러 본 적이 없었다.

온실 마을은 남해안의 온실을 둘러싸고 형성되었다. 온실 마을에서는 다른 두 지역인 한강과 압록강에 비해 어린아이들이 많이 태어났다. 다른 지역과 마찬가지로 아이들은 열일곱 살 이전까지 언어, 산수 등 기초 교육을 받다가 마을에서 필요로 하는 업무 중 적성에 맞춰 직업 교육을 받았다. 유안을 제외한 아이들은 모두 온실, 해양 발전소, 공장단지를 택해 따뜻한 실내에서 일하며 지낸다.

마을 사람들은 유안이 어떠한 사명감 혹은 소신에 의해 고된 짐꾼 일을 이어 간다고 믿는 듯했으나 사실 유안이 짐꾼의 길을 선택한 이유는 오로지 개들 때문이었다. 썰매를 끄는 개들. 유안은 어렸을 때부터 개를 좋아했다. 다른 짐꾼들이 개들을 향해 가차 없이 채찍을 휘두르는 것을 보며 유안은 개를 때리지 않는 짐꾼이 되고 싶다고 생각했다. 그것이 전부였다. 그렇게 짐꾼이 된 이후 유안은 차츰 온실 마을 친구들과 자연히 멀어졌다.

짐꾼 일은 온실 마을에서 선택할 수 있는 일 중 가장 험한 일이었다. 짐꾼의 허무한 죽음은 별로 드물지도 놀랍지도 않은 사연이었다. 실종을 면하더라도 추위에 자주 노출된 대가로 몸이 쇠약해져 곧잘 병에 걸렸다. 유안은 자신 역시 언제라도 손써 볼 틈 없이 죽어 버릴 수 있겠다는 생각을 늘 해 왔고, 유일한 친구인 도진에게 자기가 요절할 거라는 농담을 자주 했다. 그럴 때마다 도진은 진저리 치며 유안을 타박했다. 도진은 유안에게 죽음을 우스갯거리로 만들면 안 된다고 말했다. 자신의 생명을 소중히 여겨야 한다고. 유안은 그 말을 잔소리라고 생각했다. 도진은 다정하고 진중한 사람이니까. 도진이 죽었다는 소식을 들었을 때 유안은 자신의 농담이 저주가 된 것만 같은 죄책감에 시달렸다. 도진은 온실 천장의 조명을 살펴보다 사다리에서 떨어져 즉사했다. 유안이 부고를 전해 들은 시점, 그러니까 한 달 가까이 밤낮으로 썰매를 끌고 한반도 북부의 국경을 다녀왔을 때는 장례식이 끝나고도 꽤 시간이 지난 후였다.

이장을 통해 도진의 부고를 들은 유안은 우선 타고 있던 썰매를 차고에 세워 두고 개들에게 물과 먹이를 준 다음 온실로 향했다. 온실 작업자가 아니면 안으로 들어갈 수 없기 때문에 유안은 온실의 투명하고 거대한 벽 주변을 맴돌며 내부를 들여다보았다. 벽에 비친 온실 안의 사람들은 모두 가벼운 파란색 작업복과 장화 차림으로 허리 높이쯤 되는 식물들 사이를 사뿐사뿐 걸어 다니고 있었다. 유안은 온실 외벽을 따라 한 바퀴를 돌았다. 그러고는 고개를 한껏 젖혀 온실 꼭대기를 올려다보았다. 꼭대기는 돔을 거꾸로 뒤집어 놓은 것처럼 오목한 형상이었다. 언젠가 도진은 이것이 2000년 이상 유지되어 온 고전적인 유리 온실과는 완전히 다른 형태라고, 이런 지붕을 만들어 낼 수 있었던 것은 유리보다 훨씬 가볍고 빛의 투과율과 단열 효과가 높은 소재 덕분이라고 마치 자신이 이 온실을 처음 지은 전설 속 과학자라도 되는 양 자랑스럽게 이야기했었다. 도진은 온실이 있는 한 미래가 있다고 믿었다. 생태계를 회복할 수 있다고.

온실을 한 바퀴 돌아온 유안은 이장을 찾아가, 앞으로는 한반도 중부까지만 짐을 나르겠다고 통보했다. 북부까지 가지 않고 온실 마을과 중부 지역만을 오간다면 늦어도 보름 내에는 돌아올 수 있기 때문이었다. 목숨을 소중히 하라는 도진의 충고를 이제라도 들어 볼까 싶었다.

한 달 만에 돌아온 온실 마을은 여전했다. 조용하고 평화로웠다. 하룻밤 쉬고 다시 출발할 채비를 하는 이른 아침, 언뜻 동물의 울음소리를 들었다. 온실 안에는 소, 돼지, 양, 닭, 염소 등 유안은 한 번도 본 적 없는 동물들이 있었다. 젖과 달걀, 고기로만 그 존재를 알 수 있는 동물들. 유안은 차고 앞에 모여 양고기를 뜯어 먹는 개들이 식사를 마치면 출발할 생각으로 느긋이 썰매를 점검했다. 썰매 날과 좌석의 상태부터 좌석 아래 칸에 넣어 둔 짐 꾸러미까지 찬찬히 둘러보다가 유안, 하고 부르는 소리에 고개를 돌렸다. 파란색 작업복 위에 두꺼운 털옷을 걸친 이장이 손을 흔들며 다가왔다. 그가 한 발짝씩 옮길 때마다 눈이 밟혀 으스러지는 소리가 서걱서걱 울렸다. 유안 앞에 선 그는 무언가 난감한 상황을 마주할 때면 으레 그랬듯 숱 많은 턱수염을 쓸었다.

"전에 이동 경로를 한강까지로 줄이고 싶다고 했잖니. 네 부탁을 들어주지 못할 것 같다."

처음 유안이 요청했을 때와는 퍽 다른 분위기였다. 유안은 설명을 채근하는 뜻으로 이장을 물끄러미 쳐다보았다. 잠시 턱수염을 만지작대며 뜸을 들이던 이장은 한강 구역장이 유안의 요구를 거부했다고 털어놓았다. 그렇지 않아도 한강 구역은 군수 물품을 만드는 철강 산업에 모든 주민이 매달려 있어 짐꾼이 턱없이 부족한 상황인데 갑자기 그런 요구를 하니 참 난감하다고 말이다. 유안은 노골적으로 눈살을 찌푸렸다.

"애초에 제가 한강 구역 일까지 떠맡아 해 준 거나 다름없는데 그게 무슨 태도예요."

"그렇긴 하다만······."

"그래도 못 하겠다면요? 대책은 있대요?"

이장은 한층 더 곤란한 표정을 지었다. 그는 늘 주민들에게 인자하고 공정했으며, 한 사람 한 사람을 정성껏 챙겨 주려 애썼다. 고된 생활을 하는 짐꾼들에게는, 특히 그중 가장 어린 유안에게는 더 관심을 기울였다. 유안은 이장에게 내심 미안했지만 내색하지 않았다. 이장이 달래기도 전에 유안은 발길을 휙 돌려 다음 물자를 싣고 출발할 준비를 했다. 개들의 갱라인을 연결하고 썰매에 올라탔다. 썰매가 매연 같은 눈가루를 희뿌옇게 날리며 나아갔다.

*

한반도의 강은 대부분 얼어붙었으나 사람들은 여전히 강으로써 각 구역을 명명한다. '한(韓)'에 더 이상 유의미한 뜻이 남아 있지 않음에도 모두가 여전히 이 땅을 '한반도'라고 칭하는 것처럼. 한반도 중부 구역은 '한강 구역'이라고 불린다. 북쪽 대륙과 이어져 대륙의 군대와 대치하는 국경의 최전선인 북부는 '압록강'이라고 칭한다. 강이 얼어붙고 국경이 흐트러진 지금도 한반도는 한반도이고 한강은 한강이며 압록강은 압록강이다.

한강은 한강이다. 압록강은 압록강이다.

화린은 오늘도 한강과 압록강을 오간다.

물자가 가장 필요한 압록강에 짐꾼이 가지 않겠다니, 현실적으로 불가능한 요청이지. 화린은 구역장의 말을 떠올리고는 유안에게 이렇게 대답했다.

"그건 현실적으로 불가능한 일이에요."

그러자 유안은 화린을 빤히 쳐다보더니 기가 막힌다는 듯 헛웃음을 쳤다.

"솔직히 한강 구역에서 해야 하는 일을 그동안 내가 도와주고 있었던 거잖아요. 압록강으로 가는 물자는 한강에서 감당하는 게 맞지 않아요?"

"아……. 온실 사람들은 그렇게 생각할 수 있겠네요."

화린이 특유의 나지막하고 굼뜬 목소리로 중얼거리며 대꾸하자 유안은 맥이 탁 풀린 표정을 지었다. 화린은 아무런 동요 없이 느긋한 표정으로 유안을 바라보며 자신이 처한 상황을 가늠해 보았다. 이곳은 드높은 얼음 담벼락에 둘러싸인 한강 구역 바로 앞, 즉 화린의 구역이었다. 유안의 항의가 무색하게도 자신은 압록강으로 물자를 날라 준 뒤 녹초가 되어 꼬박 보름 만에 돌아오는 길이었고, 구역으로 막 들어가려던 참에 얼굴과 이름만 알던 유안에게 붙잡혀 썰매를 세웠고, 유안은 한강부터 압록강까지 짐을 나르는 일은 한강 구역의 일이 아니냐며 대뜸 따지기 시작했고……. 조금 전까지의 대화를 되짚어 본 끝에 화린은 혼자 해결할 수 있는 일이 아니라는 결론을 내렸다. 화린은 썰매에서 내리지는 않은 채 하관을 덮은 털목도리를 살짝 내리며 말했다.

"구역장님과 이야기해 보실래요?"

그 말에 유안은 기분이 더욱 상해 보였다. 한껏 미간을 찌푸리며 일단 내려와 보라는 듯 화린을 향해 까딱까딱 손짓했다. 화린은 조금 고민하다가 눈밭에 발을 디디고는 고글과 털모자를 차례로 벗었다. 숱 많은 새까만 생머리가 허리께로 쏟아졌다. 화린은 머리를 대충 묶으며 유안에게 다가섰다. 가까이에서 마주 본 유안은 체구가 작고 눈매가 동그란 편이어서인지 먼발치에서 본 막연한 인상과 달리 앳되고 유순한 느낌이었다. 카랑하고 사나운 구석이 있는 목소리와 달랐다.

"우리 일이니까 우리 선에서 먼저 합의하는 게 낫죠. 왜 피하려고 해요?"

화린은 영문도 모르는 채 유안이 따지는 말에 귀를 기울였다. 한참 혼자 쏟아붙이는 유안의 말을 모두 다 듣고서야 무언가 오해가 있는 것 같다는 생각이 들었다. 화린은 끼어들지 못해 뜸을 들이다가 잠시 유안이 말을 멈춘 틈을 타 어렵사리 이야기를 꺼냈다.

"한강 구역에서의 일은 개인이 임의로 결정할 수 없어요. 모두 논의를 거쳐 결정해요. 구역장님의 의견이 특히 중요하고요."

유안은 순식간에 표정이 멍해졌다. 화린은 유안이 잠잠해진 사이 태연히 썰매 쪽으로 돌아갔다. 개들의 목덜미와 턱을 가볍게 어루만지고는 썰매에 타려던 참에 저기요, 하고 유안이 다시 말을 건넸다.

"미안해요." 그러더니 곧장 덧붙였다. "지금 바로 구역장님께 데려다줄 수 있나요?"

화린이 가능하다는 의미로 고개를 끄덕이자 유안은 냉큼 자신의 썰매에 올라탔다. 화린이 휘파람으로 신호를 보내어 개들을 준비시키는 것을 가만히 지켜보던 유안이 뜻밖의 말을 꺼냈다.

"개들이 예쁘네요."

화린이 유안을 마주 보며 배시시 웃었다.

"그렇죠?"

*

온실 마을과 달리 한강 구역은 거대한 원기둥 형태의 건물 단 한 채로 이루어져 있었다. 구역장의 방은 1층에 있었고 문과 가까워 가장 추웠다. 그 방의 위치는 구역장의 헌신과 배려를 보여 주는 상징이었다. 유안은 그런 상징의 맥락을 조금은 꺼림칙하게 여겼다. 온화하게 웃는 구역장의 등 뒤에 주욱

늘어선 경찰들을 볼 때면 더욱더 그랬다.

한강 구역 건물을 빼곡히 채우고 살아가는 주민들은 모두 구역장과 경찰들의 지도 아래 근처 대장간과 공장단지에서 일했다. 한강 구역이 보유한 대장간은 온실 마을이 결코 한강 구역을 저버릴 수 없는 이유였다. 온실뿐 아니라 해양 발전소와 다양한 공장이 마련된 온실 마을의 각종 생산품은 한강 구역에 비해 단연 양질이었다. 다만 온실 마을은 철을 생산하지 못했다. 철이라는 자원 없이 살아가기는 불가능했다. 모든 시설을 가졌으나 대장간과 공장단지가 없는 온실 마을은 늘 조금씩 손해 보는 기분으로 한강 구역과 거래할 수밖에 없었다.

유안은 구역장을 독대한 지 10분 만에 그를 설득할 수 없음을 확인하고는 패배감과 홀가분함을 동시에 안고서 방을 나왔다. 부츠를 신고 바지에 묻은 눈을 툭툭 털어 내며 일어서는 유안에게 화린이 소리 없이 느릿느릿 다가왔다. 유안은 진작 눈치채고 화린을 기다렸지만 화린은 유안을 물끄러미 쳐다보면서도 말이 없었다. 결국 인내심을 잃은 유안이 먼저 입을 열었다.

"구역장님이 기존과 같은 경로를 맡아 달라고 부탁하기에, 일단은 알겠다고 했어요."

사실 구역장은 화린의 업무량이 과도하다며 감정적으로 호소해 왔다. 게다가 차기 구역장인 화린에게 일을 더 시키기는 자기도 난감하다고 했는데, 그 말은 굳이 당사자에게 전하지 않았다. 정작 화린은 별다른 관심이 없는지 대강 고개를 주억거리더니 생뚱맞은 질문을 던졌다.

"압록강에 같이 가지 않을래요?"

유안이 당혹스러워하며 바라보는데도 화린은 마냥 태연한 얼굴이었다.

"갑자기 무슨 이유로······."

그렇게 묻는 말에 화린은 조용조용한 음성으로 답했다.

"개들이 친해져서요."

화린은 두 썰매를 차고에 나란히 세운 김에 유안의 개들에게도 간식을 주었는데 엉겁결에 두 무리가 한데 섞여 놀게 되었다고 알려 주었다. 내일 새벽에 동이 트자마자 짐을 싣고 압록강으로 출발할 예정이니 함께 가자는 말이 덧붙여졌. 유안은 어색해하면서도 선뜻 고개를 끄덕였다.

그간 한강 구역에 수시로 들렀지만 하룻밤 묵는 것은 처음이었다. 때마침 저녁 식사 시간이 다가와서 유안은 어색하게 주춤거리며 화린을 따라 건물 안으로 향했다. 건물의 내부 구조도 처음 제대로 알게 되었다. 정중앙은 원형 강당으로 탁 트인 형상이었고, 사람들이 각자 지내는 방은 그 강당을 둘러싸고 건물 안에 촘촘히 배열되어 있었다. 하루 세 번 식사 때와 일주일에 한 번 전체 회의 시간에 사람들이 강당으로 모두 모인다고 화린이 설명했다. 전부 구역장이 정한 규칙이었다. 정확히는 지금의 구역장이 선대의 여러 구역장으로부터 이어받아 대대로 유지해 온 규칙. 온실 마을에서는 이장이 죽고 나면 다음 이장을 투표로 선출하는 반면, 한강 구역에서는 구역장이 미리 후계자를 정해 두고 자리를 물려줄 준비를 한다고 했다. 유안은 화린을 잘 모르지만 구역장과 너무 다른 듯한 화린이 어째서 후계자로 점찍혔는지 의아했다.

어둑어둑 땅거미가 질 때쯤, 배식을 받은 사람들이 강당의 기다란 식탁에 얌전히 모여 앉았다. 배식 순서와 각자의 자리가 정해져 있는 듯했다. 검은 외투를 입은 경찰들이 사이사이에 섞여 함께 식사를 했다. 이토록 질서 정연한 풍경이 유안은 무척이나 낯설었다. 그제야 자신이 속한 온실 마을에서는 일상을 지배하는 규칙과 질서를 경계하는 분위기가 있음을 알았다. 이곳에서야 유안은 자신이 명백하게 온실 마을의 사람인 것 같았다. 어쩌면 화린이 단순히 집단이 다른 것을 뛰어넘어 ─ 만약 사람에게 그런 것이 존재한다면 ─ 그야말로 뿌리가 다른 사람일지도 몰랐다.

구역장은 다시 만나 반갑다는 듯 환히 웃으며 유안에게 선뜻 일인분의 식사를 내주었다. 따뜻하게 데운 호밀빵, 산양유, 견과류와 버터를 뭉쳐 만든 바가 포크와 함께 식판에 정갈히 담겨 나왔다. 사람들은 각자 자리에서 조용조용 대화를 나누며 식사했고, 유안은 화린과 나란히 앉아 어색한 침묵 속에서 음식을 천천히 입에 넣었다. 화린은 이런 분위기에 무척 익숙해 보였다. 그러나 이곳 사람들과 단단히 결속되어 있어야만 한다는 강박과 의무감은 없어 보였다. 이 사람들에게서 강하게 느껴지는 결속에 대한 간절함, 그것이 전혀 느껴지지 않았다. 화린은 사람들의 대화에 끼거나 그들의 식사 속도에 맞추기는커녕 다른 사람이 건네는 말에 성의껏 반응하는 정도의 노력조차 기울이지 않았다. 그런데도 사람들은 각자의 방식으로 화린을 챙기려 애썼다. 유안은 미지근해진 호밀빵을 질겅질겅 씹으며 화린에게 귓속말로 물었다.

"사람들이 귀찮아요?"

화린은 묵묵히 눈을 껌뻑이며 유안을 쳐다보다가 애매한 대답을 내놓았다.

"그런 것 같지는 않아요."

식사를 마친 뒤 화린은 유안을 자기 방으로 데려갔다. 구역장의 방 바로 옆이었는데 그야말로 혼자서 잠만 자기에 알맞은 곳이었다. 좁은 면적에 자그마한 침대와 서랍, 옷장이 하나씩만 놓여 있었다. 화린은 방 한복판에 서서 멀뚱히 유안을 쳐다보더니 방바닥에 침낭을 펴 주었다. 그러고 나니 발 디딜 곳조차 부족했다. 둘은 일찍 잠자리에 들었다.

유안은 딱딱한 방바닥에 누워 어둠에 파묻힌 천장을 올려다보았다. 온실에서 뿜어져 나오는 조명 불빛도, 기계장치의 소음도, 어렴풋이 들려오는 동물 소리도 없는 한강 구역의 밤은 몹시 깜깜하고 적막했다. 유안은 오직 잠만 자기 위한 공간인 듯한 이 방이 단연 한강 구역과 잘 어울린다는 생각을 했다. 예전부터 유안에게 한강 구역은 기계로 똑같은 색깔과 굵기의 실들을 엮어 일정한 크기의 매듭으로 정갈히 짜낸 직물처럼 보였다. 그러한 정갈함에 유구한 거부감을 가지고 있던 유안은 어쩐지 화린도 자신과 비슷할지 모르겠다는 직감이 들었다. 물론 그런 것이 중요하지는 않았다. 그보다 자신의 개들과 화린의 개들이 이미 간식을 나누어 먹으며 친해졌다는 사실이 중요했다.

유안은 처음 느껴 보는 개운함에 젖어 잠에서 기분 좋게 깨어났다. 이내 자신의 어깨를 조심스럽게 흔들고 있던 화린과 눈이 마주쳤다. 어슴푸레한 빛으로 미미하게 밝혀진 방 안에서 화린의 얼굴이 비교적 또렷이 보였다. 유안은 눈을 비비며 자리에서 일어났다.

"너무 잘 잤네요."

"다행이네요."

둘은 짐을 챙겨 건물을 나섰다. 천막에서 잠든 개들을 깨워 각자 썰매에 몸을 실었다. 10년 가까이 짐꾼으로 살면서도 다른 사람의 썰매와 나란히 달려 보기는 처음이어서 유안은 썰매를 끌며 바로 옆의 화린을 힐끗힐끗 곁눈질했다. 그에 반해 화린은 유안을 별로 의식하지 않는 듯싶었지만, 사실 화린도 유안과 썰매 속도를 맞추려 한껏 집중하고 있다는 것을 곧 알아차렸다.

개들이 지쳤을 무렵 둘은 썰매를 설원 한복판에 세운 뒤 개들에게 물과 생고기를 주었다. 개들은 한데 뒤섞여 고기를 뜯었고, 유안과 화린은 각자 썰매에 앉아 물과 육포를 조금 먹었다. 몇 시간이 지나 다시 쉬어 갈 때는 유안의 물통에 담겨 있던 물을 개들에게 주고, 유안은 화린의 물을 나누어 마셨다.

한강 구역부터 압록강 기지까지는 꼬박 보름이 걸렸다. 헤드라이트 불빛도 소용없는 캄캄한 밤이 되면 둘은 썰매를 세우고 천막을 쳤다. 혹독한 추위 한복판에서 깊이 잠들었다가는 영영 깨어나지 못하는 수가 있지만, 둘이서라면 짧게나마 편히 잘 수 있었다. 유안은 화린에게 따뜻한 차가 담긴 보온병을 내밀며 말했다.

"시간 되면 꼭 깨워 주기로 해요. 굳이 배려하지 말고."

화린은 웃으며 보온병을 건네받았다. 뚜껑을 열자 따끈한 김이 피어올랐다.

온실 마을에서 한강 구역으로 향하는 길에 비해 한강 구역에서 압록강 기지로 향하는 길은 한정적이었다. 한반도 중부와 북부에는 남부보다 지뢰 위험 지역이 훨씬 많고 넓었다. 옛날부터 크고 작은 규모로 발발했다가 끝나기를 반복했던 전쟁의 흔적이었다. 개 썰매가 안전한 지역만을 지나갈 수 있도록 곳곳에 높은 쇠기둥을 박아 길을 표시해 두었고, 띄엄띄엄 설치된 초소에 군인들이 상주했다. 유안이 본격적으로 짐꾼 일을 시작할 때 가장 공들여 배운 것도 한반도의 '길'이었다. 온실 마을에서 한강 구역까지는 네 갈래, 한강 구역에서 압록강 기지까지는 한 갈래. 이제 유안도 유안의 개들도 눈감고도 찾아갈 수 있는 경로였다. 유안은 그 익숙한 길을 화린과 함께 나아가 압록강에 도착했다.

압록강 기지는 입구부터 풍경이 사뭇 달랐다. 철조망과 시멘트 담벼락으로 내부를 이중 보호했고, 경비가 삼엄해 아무나 출입할 수 없었다. 압록강의 반도군 기지 중 최남단에 위치한 1군 기지에는 간부진들의 생활 시설이 있었다. 그곳을 지나 북쪽으로 향하면 제2군 기지와 최전방인 제3군 기지였다. 원래 출입 금지 구역인 제1군 기지 철문이 화린과 함께 도착하자 뜻밖에도 활짝 열렸다.

가장 먼저 빛바랜 회색 벽돌로 지은 길고 야트막한 건물이 보였다. 식량과 무기를 보관하는 창고인 듯했다. 식량과 각종 생활용품은 온실 마을에서, 무기는 한강 구역에서 조달해 준 것들이었다. 최전선에서 대륙군을 막고 반도를 지키는 압록강의 군인들은 온실 마을과 한강 구역의 무조건적인 지원을 받는다.

창고 바로 옆에는 식당과 회의실 등 공용 건물이 창고와 비슷한 모양새로 마련되어 있었다. 생활 공간은 건물 주위에 세워진 수십 개의 막사였다. 눈을 파내어 바닥을 평평하게 다진 다음 나무 뼈대에 소가죽을 둘러 만든 천막. 안에 두꺼운 카펫을 깔고 화롯불을 피워 추위를 피하는 듯했다.

짙은 회갈색 머리를 턱 위까지 짧게 자른 여자가 나타나 화린에게 인사했다. 최전방에서 지내는 사람들은 대개 여러 면에서 티가 나곤 했는데 여자도 마찬가지였다. 목덜미에 옅게 남아 있는 흉터, 거칠거칠한 머릿결, 어딘지 모르게 사납고 매정해 보이는 눈빛. 고된 삶을 오래 지속해 왔다는 것이 첫인상에서부터 여실히 느껴졌다. 화린 옆에 있는 유안을 보고 놀란 기색이던 여자는 곧 유안에게 먼저 인사를 건네며 반겨 주었다.

여자의 이름은 기주였다. 화린과 함께 한강 구역에서 태어나 유년기를 보낸 뒤 이곳으로 넘어왔고, 현재 제1군 중령 자리까지 올랐다고 건조한 말투로 스스로를 소개했다. 고향을 떠나 굳이 최전방을 택한 기주에게 유안은 자연히 호기심이 생겼다. 어쩌다 압록강으로 올라와 싸울 생각을 했느냐고 유안이 묻자 기주는 한참을 고민하듯 골똘히 생각에 잠겼다. 그러고는 남의 어릴 적 꿈 이야기를 하듯이, 스스로의 말이 약간 낯선 듯한 모양새로 대답했다.

"뺏긴 걸 되찾으려고요."

이곳은 10년 전 대륙군의 침략으로 영토를 빼앗긴 과거가 있었다. 당시 기지를 지키던 많은 반도군과 한강 구역의 짐꾼들이 대륙군의 공습에 몰살당한 일은 유안도 익히 들어 아는 사실이었다. 무기조차 들고 있지 않았던 짐꾼들 중에는 기주의 가족도 있었다. 너무 많은 것을 빼앗겼다는 생각을 한순간 기주는 전부 되찾기로 마음먹었다고 했다. 실제로 5년 전 이 땅을 대륙군으로부터 되찾았으니 이미 꽤 성공한 셈이었다. 앞으로는 되찾은 것을 지켜 내야 한다고 기주는 말했다. 다시 빼앗기지 않기 위해서 싸워야 한다고. 유안은 자신에게도 빼앗긴 것이, 되찾아야 할 것이 있는지 생각해 보았다. 잃은 것이라고 한다면 도진이 떠오르는데, 도진은 되찾을 수 있는 것이 아니니 유안은 아리송해졌다. 이미 잃은 것을 되찾다는 것이 애당초 가능한 일인지.

기주는 유안과 화린을 자신의 막사로 안내했다. 기주 혼자서 쓰는 공간이라고 들었는데 안에는 뜻밖에도 다른 사람이 앉아 화롯불을 지키고 있었다. 체구가 큰 또래 남자는 털외투

위에 방탄조끼를 걸친 기주와 비슷한 모습으로 보아 이곳의 군인이었다. 그는 기주와 눈이 마주치자 눈매를 둥글게 만들며 웃어 보였다. 기주는 귀찮다는 듯 대놓고 미간을 찌푸렸다.

"왜 또 들어와 있어."

"그냥."

능글맞은 인상에 비해 말투가 나긋하고 담백한 그가 화린에게도 손을 흔들었다. 오랜만이네요, 하는 그의 인사에 화린은 고개를 꾸벅 숙여 인사했다. 그는 유안에게도 말을 건넸다.

"이쪽은 처음 뵙네요."

유안은 어색하게 묵례했다. 기주는 그가 자신과 같은 제1군 소속인 백건이라고 소개해 주었다. 유안은 싱긋 웃는 백건을 곁눈질로 살펴보며 어딘지 모르게 이질적인 사람이라는 생각을 했다. 평소 유안이 만났던 다른 구역 사람들보다 훨씬 짙고 선명한 거리감이었다.

막사 안은 보기보다 널찍하고 따뜻했다. 기주는 두꺼운 털가죽에 덮인 나무 의자에 유안과 화린을 앉히고 머그잔에 더운물을 따라 건네주었다. 그러는 사이 백건은 화롯불 위의 주전자에 다시 물을 채워 넣었다. 기주는 백건을 성가셔하는 듯 굴었지만 유안에게는 그런 푸념조차 서로가 무척이나 친밀한 관계라는 의미로 보였다. 백건에게서 물통과 담요를 차례로 받아 드는 것부터 그의 옆에 앉는 것, 장갑과 목도리를 벗어 백건에게 넘기는 것까지 모든 행동이 물 흐르듯 자연스럽게 이루어졌다. 그 모습을 지켜보던 유안이 퍼뜩 시선을 화린에게로 돌렸다. 화린이 자리에서 벌떡 일어나 움직인 것이다. 유안은 덩달아 몸을 일으켜 화린을 따라갔다.

기주가 부르는 소리에도 화린은 뒤돌아보지 않고 막사를 나섰다. 화린을 좇아 간 막사 뒤편에서 유안은 화린의 개들 중 한 마리가 납작 엎드린 채 낑낑대고 있는 걸 보았다. 화린은 그 조그만 소리를 듣고 급히 뛰쳐나온 모양이었다. 오다가 어디 다쳤나, 하고 유안이 걱정스럽게 중얼거리자 개의 옆에 쪼그려 앉은 화린이 고개를 저었다.

"요즘 많이 아파해요."

그러고 보니 개는 몹시 마르고 이곳저곳 털이 빠져 맨살이 드러난 상태였다. 화린은 개가 노쇠해서 머지않아 죽을 것 같다고 조용히 말했다. 얼른 죽기를 바라는 것은 아니지만 편안해지기를 바란다고도 덧붙였다. 너무 오래 살았다……. 그 말을 속으로 곱씹어 보던 유안은 화린이 늙은 개를 쓰다듬는 것을 지켜보며 도진을 떠올렸다. 유안은 죽음에 관한 이야기를 들을 때마다 앞으로 마땅히 해야 하는 과제를 떠올리듯 도진을 생각했다. 시간이 흘러 도진의 얼굴과 목소리를 잊더라도 지금처럼 그를 떠올리게 될 것 같았다.

*

 기주가 유안과 화린을 배웅하고 돌아왔을 때도 막사 안에는 백건이 있었다. 기주는 보란 듯이 한숨을 내쉬었지만 구태여 백건을 쫓아내지 않았다. 어차피 소용없을 테고, 사실 백건과 함께 있는 것이 불편하지 않았다. 군대의 다른 모든 사람들이 아직도 백건을 경계한다는 것을 알았고, 그들의 의심이 합당하다고 인정하면서도 기주는 어째서인지 백건을 멀리하기 힘들었다. 심지어 백건이 처음 이곳에 찾아왔을 때조차 마찬가지였다.
 백건은 북쪽 대륙에서 왔다.
 3년 전 백건이 한반도 최북단 제3군 기지 앞에 나타났을 때, 반도군은 그가 대륙군 탈영병이라고 한눈에 확신했다. 애초에 숨길 생각도 없다는 듯 대륙군의 전투복 차림이었던 백건은 별다른 저항 없이 붙잡혔다.
 제3군 기지의 지하 심문실에서 매질과 심문이 이어지는 며칠 동안 백건의 목소리를 들은 사람은 아무도 없었다. 백건이 처음 입을 연 것은 기주가 혼자 찾아갔을 때였다. 백건은 온몸이 쇠사슬에 묶여 피범벅인 채로 기주를 올려다보았다. 그때의 백건에게 건넸던 말을 지금의 기주는 잊어버렸다. 어둠 속에서 흔들림 없이 자신을 향하던 두 눈동자만이 생생했다.

그때 백건이 살아남아 반도군에 몸담을 수 있었던 것은 순전히 기주 덕분이었다. 기주가 직접 간부진을 설득해 백건을 풀어주고 그가 군에서 자리 잡을 수 있도록 도왔다. 기주는 자신이 늘 합리적인 이유에 의해서만 움직인다고, 스스로 제대로 된 이유를 댈 수 있는 행동만이 올바른 것이라고 믿었는데 백건에 관해서만큼은 예외였다. 기주는 자신이 어째서 그토록 무리해 가며 백건을 도와주었는지 여전히 알지 못했다.

백건을 바라보며 혼자만의 생각에 잠긴 기주를 향해 백건이 싱글싱글 웃으며 시선을 맞추었다. 퍼뜩 정신을 차린 기주는 곧장 눈을 치켜떴지만 백건은 태평하게 물었다.

"왜 그렇게 쳐다봐?"

"……궁금해져서."

"뭐가?"

"3년 전에 내가 널 왜 살렸는지."

"왜 살렸는데?"

"그걸 나도 모르겠다. 그냥 죽게 둘 걸 그랬나."

백건은 속없는 사람처럼 소리 내어 웃었다. 분명 백건은 알 것이다. 기주가 아무리 까칠하게 굴어도 이제 와서 자신을 배척할 리는 없다는 사실을. 기주가 백건의 편이기 때문만은 아니었다. 기주가 백건의 목숨을 구해 준 것은 사실이지만, 반도군 내에서 스스로 쓸모를 입증해 내 제1군까지 온 것은 결국 백건 자신이었다. 백건의 그러한 면모를 기주는 높이 샀다. 백건은 오랫동안 체계적이고 고압적인 대륙의 군사 훈련을 받으며 그야말로 군인의 역할에만 충실히 살아온 티가 났다. 각종 무기를 다루는 실력은 물론이고 타고난 체력이 반도군 병사들에 비해 월등히 뛰어났고, 보초를 서거나 정찰하는 등 자잘한 업무에도, 기습에 대비해 군사들의 배치와 동선을 계획하는 일에서도 독보적인 자질을 보였다. 그것이 반도군이 못 이기는 척 백건을 받아들인 이유였다.

막사에서 백건이 떠나고 홀로 남아 화롯불을 멍하니 보며 쉬던 기주는 바깥으로 나갔다. 썰매를 끌고 기지를 빠져나간 지 오래지만 화린이 괜스레 걱정이 되었다. 예전부터 화린은 항상 염려스러운 친구였다. 눈밭을 뛰어놀다 넘어졌을 때 멀뚱히 엎어져 있다가 느릿느릿 몸을 일으키고 다시 개들을 쫓아가는 아이. 그러다 본인도 몰랐던 무릎의 상처를 나중에 발견하고도 마냥 무덤덤한, 둔감하고 미련한 아이였다. 기주가 화린을 걱정할 때면 백건은 농담조로 핀잔하곤 했다. 화린은 네 친구지 동생이 아니잖아. 기주에게는 전혀 와닿지 않는 말이었다.

기지 내 가장 높은 초소에 올라서면 망원경을 통해 먼 설원을, 새하얀 지평선을 건너다볼 수 있다. 그럴 때면 숨을 참

아야 한다. 호흡할 때마다 짙은 입김이 번져 망원경 렌즈를 탁하게 물들이고 시야를 가로막기 때문에.

압록강에서 바라보는 북쪽 대륙은 한반도와 다름없는 광활한 설원일 뿐이었다. 기주는 종종 초소에 들러 북쪽을 응시했다. 제법 멀리까지 내다보이는데도 대륙군의 동태를 살피는 것은 불가능했다. 대륙군의 중앙 기지가 이곳으로부터 아주 멀리 떨어져 있기 때문이다. 반도군은 오랫동안 대륙군에 맞서 싸우며 영토를 지켜 왔고, 그렇게 믿어 왔다. 그러나 사실 반도군은 대륙군에 관해 아는 바가 턱없이 부족했다. 전체적인 규모부터 기지의 위치, 정확한 영토의 면적까지 반도군에게는 정보가 거의 없었다. 백건이 실마리를 줄 수 있으리라고 기대한 적도 있었다. 그러나 백건은 수많은 부대 중 한 곳에 소속되어 기계적으로, 철저히 일부로서 훈련받았을 뿐 그 외에 아는 것이 없었다. 워낙 대륙에 대한 정보가 부족하다 보니 추측할 만한 것도 없었다. 그러나 이미 모든 방면에서 대륙이 반도를 한참 앞질렀다는 것은 확실했다. 맞서 싸워 보면 알 수 밖에 없었다. 생산 지대를 영토 내에 적어도 한 곳 이상 두고, 인구가 꽤 많을 것이다. 넓은 영토와 충분한 인구, 그 밖의 여러 자원을 갖추었다면 대규모의 체계적인 체제도 구성되었을까? 반도에서는 상상조차 할 수 없는. 망원경을 쥔 기주의 두 손에 미세하게 힘이 실렸다. 대륙군이 그토록 강력해졌다면 반도군에는 희망이 없다. 반도군은 점점 더 무질서하고 나약해지고 있었다. 한때 기주는 자신이 반도군을 바꿀 수 있다고 믿었다. 5년 전 전쟁에서 기주는 반도군이 대륙군으로부터 압록강 기지를 되찾는 데 큰 역할을 했다. 한정된 자원을 최대치로 활용한 기습 공격을 탁월하게 계획해 선두에서 작전을 지휘했다. 덕분에 대장의 신임을 얻어 제1군 중령 자리까지 빠르게 올랐다. 그때까지만 해도 기주는 자신이 올바른 길을 가고 있다고 믿었다. 그러나 곧 한계가 명확해졌다. 그러므로 지치는 것은 어쩔 수 없었다. 이제 와서 생각하면 자신이 모든 것을 바꿀 수 있다는 믿음은 그야말로 아무 것도 모르는 순진한 희망이었다. 그러나 사라진 믿음과 무관하게도 기주에게는 한반도를 지켜 낼 의무가 있었다.

매서운 바람이 망원경 렌즈와 기주의 얼굴에 부딪쳐 왔다. 이것이 올바른 길이다, 내 자리는 이곳이다, 라고 반복해 되뇌며 기주는 태하를 떠올렸다. 태하의 얼굴과 목소리를 여러 번 되짚었다. 가슴이 답답해질 때마다 태하를 생각하는 것은 어느새 기주의 습관이 되었다. 조금만 더 기다리면 돌아오겠지, 하고 스스로를 달래며 생각을 억지로 끊어 내는 것까지 이제는 습관으로 굳어졌다.

4년 전 태하는 대륙군의 동태를 살피기 위해 제3군 소속 병사들과 함께 북쪽으로 향했다. 그리고 여태껏 돌아오지 않왔다.

화린, 태하, 기주. 어린 시절 셋은 잠이 오지 않을 때면 한강 구역을 빠져나와 뒤편의 눈밭에 자리를 잡곤 했다. 경찰들의 눈을 피해 다소 배짱 두둑한 일탈을 감행한 것이다. 대체로 장작을 슬쩍해 가져오는 것은 태하, 그것으로 모닥불을 피우는 것은 기주, 그런 둘을 가만히 지켜보다 모닥불 앞에 앉는 것은 화린이었다. 부모가 모두 짐꾼이었던 셋은 홀로 남겨지는 시간이 길었다. 어차피 매일 셋에서만 어울려 다녔으니 한밤중에 몰래 만나도 새삼스레 할 이야기가 생기지는 않았지만 늘 하던 대화를 반복해도 어쩐지 즐거웠다.

하지만 그날 밤은 달랐다. 대륙군의 기습으로 셋이 한순간에 부모를 잃은 직후였고, 모두 넋이 나가 있었다. 무거운 정적 속에서 기주의 생각이 점차 또렷해졌다. 사실 기주는 생각과 동시에 결정을 마친 뒤였다. 한강에서의 생활을 버리고 압록강 군사기지로 향하겠다고, 빼앗긴 것을 되찾겠다고 단단히 마음먹었다. 기주는 화린과 태하에게 자신의 결정을 전하기 위해 그 자리에 온 것이었다. 기주는 둘이 자신을 충분히 이해해 줄 것이라고 믿었다. 태하는 너무 위험하다고, 너까지 잃고 싶지 않다고 말렸다. 예상한 반응이었다. 다만 화린의 경우는 아니었다. 기주는 화린이 화내는 것을 그날 처음 보았다. 화린은 가만히 그 자리에 앉은 채 가슴이 선득해질 만큼 차가운 눈빛으로 기주를 응시했다. 이내 전에 없이 조곤조곤하고도 싸늘한 목소리가 이어졌다.

"너한테는 정말, 너밖에 없구나."

기주는 자신이 이기적이라는 생각은 전혀 해 보지 못했기에 화린의 책망이 이해가 가지 않았다. 무슨 말이라도 더 해주기를 바랐지만 화린은 입을 굳게 닫아 버렸다. 해명할 기회조차 잃었으니 심기가 뒤틀렸다. 기주가 발끈해 한마디 쏘아붙이려던 참에 태하가 급히 끼어들었다. 일단은 집으로 돌아가자고 기주의 팔을 붙잡았다.

"이러지 말자."

태하가 조심스럽게 귓속말을 하고 나서야 기주는 간신히 진정했다.

그날 밤의 묘한 신경전에 대해 기주와 화린이 다시 이야기를 나누는 일은 없었다. 자연스레 언급을 피했다. 기주는 한강 구역에서의 생활을 정리하고 반도군에 입대할 준비를 마쳤다. 압록강으로 떠나는 날이 코앞에 다가왔을 무렵 태하가 뜻밖의 말을 꺼냈다. 같이 가자고 했다. 압록강에. 혼자 전부 감당하려 들지 말고 같이 가자고, 같이 싸우자고 했다.

이제와 돌아보면 치기 어린 나이였다. 복수심과 사명감, 패기만으로 무엇이든 꿈꿀 수 있었던 시기였다. 그때 가슴속에 주체할 수 없는 불을 지폈던 장작이 지금은 얼마나 남아 있을까, 기주는 가끔 궁금해졌다.

 부츠 밑에서 사각사각 부서지는 눈을 밟으며 기주는 앞으로 나아갔다. 한강 구역에서만 지내던 어릴 적에는 몰랐는데 똑같이 새하얀 땅이라도 남쪽과 북쪽의 풍경은 달랐다. 압록강에서는 밤하늘이 훨씬 잘 보였다. 고개를 한껏 젖히지 않아도 별이 무수한 밤하늘로 온 시야를 채울 수 있었다. 사방이 탁 트인 설원 한복판에 서 있다 보면 땅이 아닌 은하수를 디디고 서 있는 듯한 착각마저 들었다. 기주는 허전한 목덜미를 만지작대다가 털목도리를 막사에 놓고 나왔다는 것을 뒤늦게 깨달았다. 감기에라도 걸리면 부대 전체에 민폐가 될 테니 얼른 막사로 돌아가야 했다. 서둘러 발걸음을 돌리던 기주는 멀찍이 서서 자신을 지켜보던 백건과 눈이 마주쳤다. 백건은 손에 쥔 털목도리를 들어 올려 보이며 물었다.

 "춥지 않아?"

 백건은 기주가 대꾸할 틈도 없이 가까이 다가와 목도리를 내밀었다. 기주는 순순히 그것을 받아 목에 두르며 춥지 않느냐는 질문이 너무나 엉뚱하고 낯설다고 생각했다. 날마다 똑같이 추운 날씨이니 사람들은 춥다는 말을 거의 주고받지 않았다. 이런 질문을 전에 누구에게서 들었는지 잠시 궁금해질 찰나, 백건이 어깨를 살며시 두드리더니 밤하늘을 가리켰다. 기주는 얼떨결에 고개를 한껏 젖혀 백건과 비슷한 곳에 시선을 두었다.

"저 별 보여?"

"무슨 별?"

"저 중에서 제일 밝은 별."

밤하늘은 무수한 별로 영롱했고, 기주는 그중 가장 밝은 것을 골라낼 수 없었지만 잠자코 고개를 끄덕였다. 백건은 저 별이 고향에서도 잘 보였다고, 남쪽에서도 똑같이 잘 보일 줄 몰랐다고 말을 이었다. 기주는 백건이 처음으로 자신의 고향을 언급한 것에 한 번, 백건에게는 압록강이 북쪽이 아닌 남쪽이라는 것에 두 번 놀랐다. 어두운 허공에 백건의 입김이 퍼지는 것이, 백건이 느릿하게 숨을 쉬는 것이 어렴풋이 눈에 들어왔다.

기주는 가만히 허공을 쳐다보다가 슬쩍 백건을 곁눈질로 살펴보았다. 너의 고향은, 그러니까 이곳보다 한참 북쪽에 있을 그곳은 어떤 곳이었는지, 어쩌다 그곳을 떠나 반도에 다다르게 되었는지 기주는 그제야 진심으로 묻고 싶어졌다. 정작 입 밖으로 나온 말은 궁금한 것에 비해 시시한 질문이었다.

"대륙은 여기보다 춥지?"

마치 고향이 아닌 여행지에 대해 이야기하듯이 백건은 건조하게 대답했다.

"응. 춥지."

기주는 이제 백건이라는 사람 자체가 조금은 궁금하다고 생각했다.

길다면 긴 시간이 흘렀지만 기주에게는 떠올릴 때마다 선명히 되새길 수 있을 만큼 생생한 기억이 있다. 3년 전, 백건을 지하 심문실에서 풀어준 직후의 일이었다. 몸이 그나마 회복된 백건에게 기주가 칼을 건넸다. 백건은 제 손에 들린 칼과 정면에 꼿꼿이 서 있는 기주, 그 주위를 에워싼 군 간부들을 둘러보았다. 백건의 시선이 다시 기주에게 닿았을 때 기주는 알 수 있었다. 백건은 지금 자기가 해야 할 일을 명확히 알아챘다는 것을.

쓸모를 입증해야 한다.

기주는 백건에게 건네준 것과 같은 칼을 쥐고 턱을 까딱 움직였다. 백건은 칼을 고쳐 잡으며 날렵하게 발을 내딛고는 곧바로 기주의 목을 노렸다. 기주는 재빨리 몸을 숙여 피하고 백건의 손목을 향해 칼을 휘둘렀다. 백건은 기주에 비해 훨씬 가볍게 칼날을 피했다. 무척이나 신속하면서도 부드러운 움직임이었다. 칼이 아니라 손끝만으로도 누군가의 목숨을 앗아 갈 듯 강력한 한편 유려하게 춤을 추는 것처럼 보이기도 했다. 찰나에 기주는 홀린 듯 백건을 관찰하다가 얼른 정신을 차렸다. 자신을 향하는 백건의 칼을 간신히 튕겨 내 공격을 막았지만 곧 저 멀리 날아간 건 기주의 칼이었다. 칼을 놓치자마자 백건이 칼을 걷어차고 기주의 목을 겨누었다. 기주는 등골을 타고 식은땀이 흘러내리는 것을 느꼈다. 이대로 칼날이 서너 마디만 더 가까웠다면 칼날이 목에 박혀 즉사했을 것이다.

무거운 정적 속에서 백건은 칼을 눈밭에 툭 내던졌다. 이제 충분하지? 하고 묻는 듯한 눈으로 기주를 쳐다보았다. 기주는 순간적인 공포도, 구겨진 자존심도 차마 내색하지 못했다. 대장을 비롯한 간부들의 창백한 얼굴을 훑어보고는 최대한 담담한 말투로 물었다.

"대륙에 너 정도 되는 병사들은 얼마나 있지?"

잔잔히 기주를 바라보는 백건의 눈빛은 어쩐지 무감정해 보이기도, 쓸쓸해 보이기도 했다.

"많이 있습니다."

백건의 말에 간부진들은 말이 없었다. 간부들과 회의실로 온 기주는 백건을 반도군의 자원으로 삼아야 한다고 주장했다. 이미 대륙군을 배신했으니 대륙군의 정보를 줄 수도 있고, 훌륭한 병사라는 사실은 의심할 여지가 없으니 군사력을 보강하는 데에 도움이 될 거라고 설득했다. 결국 간부진은 못 이기는 척 백건을 받아들이기로 결정했는데 한편으로는 몹시 심란해 보였다. 기주는 그들이 왜 그토록 침체되어 있는지 잘 알았다. 기주의 마음도 비슷했으니 당연했다.

백건을 받아들이기로 결정한 뒤에도 반도군 내부에서는 잡음이 끊이지 않았다. 대륙군 출신이고 심지어 강력한 특수부대원이었던 백건을 어떻게 믿느냐고, 만약 내부에서 무슨 일을 벌인다면 막을 도리가 있겠느냐고 웅성거렸다. 지금이라도 빨리 처형하는 게 낫다는 주장이 잊을 만하면 제기되었다.

　기주는 그들의 공포에 공감했다. 하지만 공포에서 기인한 혐오에는 공감하지 못했다. 기주가 백건을 끝없이 변호하자 대장이 한숨을 쉬고는 말했다.

　"넌 생각이 너무 많아. 그거 하나가 흠이야."

　그 말은 지금까지 기주의 머릿속을 맴돌았다. 생각이 많은 것이 흠이라면, 누군가를 혐오하지 않을 이유에 대해 생각하는 것이 군인답지 못한 일이라면…… 나는 생각을 멈추어야 하는가. 그렇게 할 수 있다면 진작 그렇게 했을 텐데, 기주는 좀처럼 생각하는 것을 그만두지 못했다. 특히나 백건을 마주하면 온갖 생각이 들끓었다. 묵묵히 견뎌 내는 사람. 견뎌 낸다. 기주는 백건을 그렇게 느꼈다. 다른 사람들의 시선 따위가 아니라 그보다 거대하고, 육중하고, 보이지 않는 무언가를 끊임없이 짊어지고 견뎌 내는 사람. 그 때문에 어딘지 모르게 처연해 보이기도 했다. 그런 마음이어서, 백건의 모든 친밀한 행동은 기주를 당황스럽게 했다. 혼란스럽게 했다. 이유도 없이 미안하게 했다.

*

　한강 구역에 도착하자마자 화린의 개가 죽었다. 많이 아파한다고, 편해졌으면 좋겠다고 화린이 말한 그 개였다. 유안은 화린을 도와 불을 피우고 개의 시신을 태웠다. 온실 마을과 마찬가지로 한강 구역에도 인가 근처에 묘지가 있었다. 누군가 죽으면 화장터에서 시신을 태운 뒤 유골함에 넣어 땅에 묻고 그 위에 돌을 하나 얹어 두었다. 어차피 폭설이 내리면 눈에 뒤덮여 분간할 수 없지만 사람들은 여전히 돌로 자리를 표시했다. 예전부터 그렇게 해 왔다는 이유만으로.

　사람이 사람을 떠나 보내는 방식이었다. 사람과 똑같이 개의 장례를 정성껏 치러 보내 줄 수도 있다는 것을 이제껏 유안은 생각해 보지 못했다. 익숙하게 개의 장례를 준비하는 화린을 유안은 선뜻 도왔다. 유안과 화린은 아직 눈에 파묻히지 않고 남아 있는 돌들을 피해 자리를 골랐다.

　"여기로 할까요."

　"제가 결정할 수는 없죠."

　화린의 말에 유안이 손사래를 쳤다. 화린은 특유의 느릿한 말투로 물었다.

　"왜 결정할 수 없어요?"

　그야 개의 주인은 내가 아니니까, 하고 대답하려던 유안은 곧 생각을 고쳤다.

"그래요. 여기가 좋을 것 같아요."

둘은 한동안 말없이 야전삽으로 눈을 파냈다. 유안은 서서히 깊어지는 눈구덩이를 내려다보며 도진을 생각했다. 도진의 장례식을 상상해 보았다. 유안은 도진의 무덤을 상상하며 성의껏 야전삽을 움직였다. 곧 유안의 무릎 길이와 엇비슷한 깊이의 구덩이가 만들어졌고, 화린은 그 안에 개의 유골함을 살포시 내려놓았다. 둘은 다시 삽으로 구덩이를 메웠다. 이윽고 땅이 다시 평평해지자 화린은 그 위에 제 주먹 크기의 돌을 얹었다.

화린과 함께 한강 구역으로 되돌아가던 유안은 문득 묘지로 고개를 돌려 보았다. 서로 비슷한 돌들이 군데군데 놓여 있는 설원이 시야에 들어왔다. 곧 개의 무덤도 다른 이들의 무덤과 구분할 수 없게 될 거라고 유안은 생각했다.

다른 마을에서 이틀 이상을 보낸 것은 처음이었다. 유안은 슬슬 온실 마을로 돌아갈 채비를 했다. 화린은 썰매를 점검하고 개들을 다독여 하네스를 채우는 유안을 가만히 지켜보았다. 출발할 준비를 마친 유안이 화린을 돌아보았다.

"조만간 또 만나요."

유안은 그 말을 하는 자신의 어투가 몹시 어색하다는 것을 깨달았고, 그제서야 온실 밖의 누군가와 재회를 약속하는 상황이 처음이라는 걸 알았다. 이전까지 유안에게 인사란 습관적인 말에 불과했는데. 괜스레 민망해진 유안은 재빨리 썰매에 올라타 고글과 모자를 썼다. 유안이 막 출발하려던 참에 화린도 방금 전의 유안 못지않게 어색한 말투로 입을 열었다.

"네. 또 만나요."

둘은 서로를 향해 어설프게 손을 흔들었다. 유안의 썰매는 미약한 눈보라를 일으키며 그 자리를 떠났다.

*

개를 묻어 주고 오느라 늦었다는 말에 구역장은 화린이 역시 참 착하다고 칭찬했다. 구역장이 직접 화린을 자기 방으로 데려가자 복도에서 대기하던 경찰들이 정중히 비켜서며 문을 열어 주었다. 구역장은 화린을 방 안에 앉히고 따뜻한 물을 내어 주었다. 화린이 조용히 물을 홀짝이는 동안 구역장은 틈만 나면 반복해 온 이야기를 또다시 꺼냈다. 한강 구역은 사람들에게 최상의 거주지이며 앞으로도 그래야 한다는, 자신은 오로지 그 목표를 달성하기 위해 평생을 헌신해 왔다는 말이었다. 그러고는 평소에는 하지 않았던 말까지 덧붙였다.

"나를 가장 잘 이해하는 사람은 너일 거라고 생각해."

화린은 느리게 눈을 껌뻑이며 구역장을 쳐다보았다.

"왜 그렇게 생각하세요?"

순수한 궁금증을 담아 묻자 구역장은 특유의 상냥한 미소와 함께 대답했다.

"넌 사람들에게 휩쓸리지 않고, 선하니까. 그리고 무엇보다 권력을 욕심 내지 않으니까."

화린은 본인에 대해 깊이 생각해 본 적이 없었다. 누군가에 대해 깊이 생각해 본다고 하더라도 단순히 몇 마디 말로 표현할 수 없고, 그러한 자기 판단을 전적으로 믿는다는 것은 불가능한 일로 느껴졌기 때문에 구역장의 말에 어떻게 반응해야 할지 몰랐다. 구역장은 자신을 멀뚱히 쳐다보는 화린에게 쐐기를 박듯이 말했다.

"한강에는 네가 필요해."

한강 구역 사람들은 대개 화린을 답답한 사람 또는 유별난 사람으로 여겼다. 그들은 화린의 굼뜬 움직임과 매사에 심드렁한 태도를 못마땅해하면서도 다들 노골적으로 화린에게 잘 보이려 노력했다. 구역장의 총애가 의아했던 것은 화린도 마찬가지였다. 다만 최근에야 서서히 알 것 같았다. 구역장이 자신의 어떤 면에 주목하는지, 즉 어떤 모습과 역할을 원하는지. 구역장은 화린의 무심함을 권력자의 자질이라 보는 것 같았다. 한마디로 구역장은 화린에게서 잠재력을 보았다고 믿는 듯했는데 화린은 그가 기대하는 바가 현실이 될 수 있을지 고민해 본 적은 없었다. 지금껏 인생의 절반 가까운 시간을 설원에서 썰매를 타며 보냈고, 그 이외의 시간에는 개들을 돌보는 데 집중했던 것처럼 앞으로도 그렇게 지낼 수 있을지 그것만이 궁금했다.

구역장의 말에 침묵하다가 방을 나온 화린은 묘지로 향했다. 화린은 장례식이 없는 날에도 자주 개들의 무덤을 찬찬히 둘러보고 돌아오곤 했다. 사람들은 개의 장례까지 공들여 치르는 화린을 의아하게 여겼는데 화린은 전혀 개의치 않았다. 구덩이를 파고, 죽은 개를 태우고, 유골을 상자에 담고, 땅을 메우고, 돌을 얹어 표시해 두는…… 이러한 일련의 과정 속에서 화린은 온전히, 충실히 그 개만을 생각할 수 있었다. 개와의 기억을 되짚으며 개가 오랫동안 자신의 마음 한 구석을 채운 채 자신과 함께 살아가리라고 믿을 수 있었다.

이제 개들의 물그릇을 채워 준 다음 한 마리씩 따뜻한 물로 씻기고 삶은 닭고기를 먹일 시간이었다. 묘지를 떠나 개들이 지내는 건물 근처 천막으로 향할 때였다.

"저기."

또랑또랑한 목소리에 화린은 걸음을 멈추었다. 고개를 돌려 보니 조그만 아이가 있었다. 한강 구역에서는 허가받은 사람 외에 모든 주민, 특히 어린아이가 혼자 건물 밖을 나다니는 것이 엄격하게 금지되어 있었다. 하지만 화린은 어쩐지 아이를 달래서 건물에 들여보내야겠다는 생각이 들지 않았다. 그럴듯한 근거가 없는데도 직감적으로 아이가 한강 구역 소속이 아니라는 것을 확신했기 때문이었다. 한강 건물을 등 뒤에 두고 홀로 서 있는 아이는 그야말로 이방인 같았다.

"어디에서 왔어?"

화린이 물었지만 아이는 대답 대신 다른 말을 했다.

"부탁하고 싶은 게 있어."

화린을 바라보는 아이의 눈동자는 맑아 보이기도, 무심해 보이기도 했다.

"내 시신을 찾아 줄래?"

*

아주 멀리에서부터 울려오는 듯한 바람 소리. 잊고 있던 그 표현이 기주의 머릿속을 스쳐 갔다. 어린 시절 한강 구역에서의 케케묵은 기억이었다. 한밤중에 모닥불 근처에 모여 앉아 있던 셋 중 누군가 불현듯 말했다. 아주 멀리에서부터 울려오는 바람 소리 같아. 아마 태하였을 것이다. 그 말을 이렇듯 오랜 시간이 지난 뒤 새삼 곱씹고 있었다. 그 기억을 어서 떨쳐 내려 애쓰며 기주는 문득 생각했다. 어쩌면 한강 구역을 떠나

온 이후 지워진 건 그곳의 기억이 아니라 한강 구역 소속으로서의 자기 자신인 것 같다고.

사격 훈련이 몇 시간째 이어졌다. 백건만이 처음처럼 흐트러짐 없이 표적을 정확히 저격하고 있었다. 다른 병사들은 혀를 내둘렀다. 저 자식은 진짜 괴물 같다니까. 노골적인 견제에도 백건은 개의치 않았다. 총을 무기 창고에 가져다 놓기 위해 걸음을 옮기는 백건을 다른 병사들은 슬쩍 피하며 물러섰다. 기주는 눈살을 찌푸렸다. 병사들이 백건을 저렇듯 티 나게 기피하는 것은 부당했다. 감정적으로 꺼려지더라도 군인으로서 훌륭하다면 당연히 그에 맞는 대우를 해 주어야 했다. 편협함 혹은 나약함을 드러내는 것은 군인답지 못했다.

유난히 추운 날이었다. 병사들은 따뜻한 물 대신 도수 높은 술을 홀짝였고 기주도 그랬다. 압록강으로 온 이후 기주는 어릴 적부터 훈련을 받으며 군인으로 길러진 다른 이들을 따라잡기 위해 항상 안간힘을 썼다. 정석적인 군인의 태. 기주는 그 태라는 것이 다른 무엇보다 탐났다. 기주가 안달할 때마다 태하는 그런 것에 너무 애쓸 필요가 없다고 넌지시 말해 주었다. 기주와 달리 태하는 다른 군인들과 닮고 싶은 마음이 없어 보였다. 우리가 한강 구역 출신인 건 바꿀 수 없지. 게다가 그런 건 정말 중요한 문제가 아니야. 태하는 잘 보호하고 잘 싸우는 것 이외에 군인으로서 해야 할 일은 없다고 했다. 기주는 예전부터 태하의 그런 태도를 좋아해 왔다. 압록강에 와서는 그것을 이유로 태하에게서 거리감을 느낄 때도 있었다. 그에 반해 백건은……. 그렇게 멍하니 백건을 떠올리며 자신의 막사로 돌아온 기주는 그 안에 앉아 있는 백건과 눈이 마주쳤다.

"왔어?"

백건이 씩 웃어 보였다. 완벽한 군인의 태. 그것이 백건에게서는 너무나 자연스럽게 드러난다는 것이 새삼 실감이 났다. 무슨 행동을 하더라도.

"무슨 생각 해?"

백건은 여느 때처럼 장난스럽게 말을 건넸고, 기주도 늘 하던 농담으로 응수했다.

"내가 그때 널 왜 살렸나…… 하는 생각."

"왜 살렸는데?"

나도 모르겠다, 하고 늘 하던 퉁명스러운 대꾸를 할 차례였는데, 말이 나오지 않았다. 기주는 태하가 또 한 번 보고 싶었다. 이런 심정을 솔직하게 털어놓는다면 태하는 확고하게 말해 주었을 테니. 넌 너의 방식대로 하면 된다고. 태하의 그런 꼿꼿함을 부러워하고 또 그리워하며 기주는 일렁이는 화롯불을 멍하니 바라보았다.

"물 따라 줄까?"

그 말에 기주는 백건에게로 천천히 시선을 옮겼다. 문득 궁금해졌다.

이런 마음을 털어놓는다면 백건은 어떤 말을 할까.

*

미끄러지지 않기. 그것이 가장 중요하다. 단 한 번 발을 잘못 디뎌 넘어지면 그야말로 끝장이다. 아무리 움직임이 날렵하고 능수능란해도, 칼을 현란하게 휘둘러도, 그 칼을 상대에게 가차 없이 찔러 넣어도, 치솟는 피를 보고 태연할 수 있어도 빙하에서 넘어지는 그 순간이 곧 네가 죽는 순간이다. 교관들은 늘 그렇게 가르치며 아이들을 빙하 위로 올려 보냈다. 열 명이라고 교관이 외치면 그날 그곳에서는 열 명만 살아남을 때까지 전투가 치러졌다. 대륙군의 특수대원들은 그렇게 길러졌다.

백건은 빙하 위에서 많은 친구를 죽였다. 친구가 아닌 동료도 죽였다. 동료가 아닌 경쟁자도 죽였다. 어차피 곧 빙하 위에서 맞붙게 될 사이인 것을 깨달은 이후로 백건은 친구라는 말을 쓰지 않았다. 다른 아이들도 차츰 말수가 줄어들었다. 그들은 조용히 훈련을 받았고 식사를 했으며, 때가 되면 오랫동안 함께 지내온 아이들을 죽였다. 이따금 사소한 계기로 우리만큼은 서로 죽이지 말자고 은밀하고 애틋한 약속을 주고받는 아이들도 있었다. 그들조차 빙하 위에 발을 디디면 언제 그랬냐는 듯 마구잡이로 칼을 휘둘렀다.

다들 서로를, 그리고 스스로를 이해했고 용서하는 듯했다. 하지만 백건은 본인을 이해하지도 용서하지도 못했으며, 그 순간을 잊지도 못했다. 미끄러운 빙하에 올라서는 즉시 머릿속에는 미끄러져 넘어지면 안 된다는 생각만이 가득해졌고, 눈앞의 아이가 누구인지 확인하기도 전에 무작정 그의 급소를 향해 칼을 휘둘렀다. 우리는 서로 해치지 말자고 백건과 소곤소곤 약속했던 아이가 그날 죽었다는 사실을 뒤늦게 알았을 때 백건은 필사적으로 생각했다. 내가 죽인 게 아니겠지. 그날 빙하에서는 열 명 가까이 되는 아이들이 죽었고 그보다 많은 아이들이 살아남았으므로 백건이 그 아이를 죽였으리라는 보장은 없었다.

백건은 끈질기게 살아남았고, 그 부대에서 몇 안 되는 강력한 특수대원으로 자라났다. 더 이상 빙하 훈련을 받지 않는 정규군이 되자 그때의 강박에서 벗어날 수 있었다. 생각할 여유가 생기니 백건은 수시로 자신이 죽인 아이들을 떠올렸다. 묻혀 있던 기억이 새삼스레 되살아나는지, 상상이 덧붙여지고 또 덧붙여지며 점차 선명해지는지 진실은 알 수 없지만 언젠가부터 백건은 자신이 그 아이를 죽였다고 굳게 믿었다. 서로 죽이지 말자고 약속했던 아이. 기억인지 상상인지 모를 장면 속에서 그 아이는 차마 백건을 공격하지 못하고 주춤거렸고, 백건은 일말의 망설임도 없이 아이의 목에 칼을 꽂았다.

 탈영을 결심하기까지 대단한 고민과 용기가 필요했던 것은 아니었다. 어느 순간 백건은 그다지 살고 싶지 않았고, 자신이 그 생각을 상당히 오랫동안 지속해 왔다는 것을 깨달았다. 시작점을 가늠할 수 없을 만큼 오랫동안. 처참하고 우습게 갈기갈기 찢겨 죽은 스스로의 모습을 머릿속에 그릴 때면 온몸에 전율이 흘렀다. 그래서 백건은 도망쳤다. 대륙군에게 잡히면 탈영자로서 처형당할 테고, 남쪽으로 내려가 반도군에게 잡히면 대륙군의 스파이로 의심받으며 심문당하다 죽을 테지. 반드시 그렇게 될 것이다.

 그러나 백건은 살아남았다. 자신이 죽인 무수한 아이들과 달리 백건은 누군가에 의해 구출되었다. 상상하지 못했고 원하지도 않았던 순간 불쑥 다가온 손을, 마치 목덜미를 붙잡고 끌어 올리듯이 단호하게 죽음으로부터 자신을 건져 낸 손을 되짚으며 백건은 오래 생각해 보았다. 그것이 자신에게만 주어진 이유를. 빙하 위에서 죽어 나간 수많은 아이들 중 오로지 자신만이 그 손을 마주할 수 있었던 이유를.

 너무나 이상했다. 교관들은 실수하지도 도피하지도 않는 자만이 끝까지 살아남고, 죽는다 해도 명예롭게 죽을 수 있다고 가르쳤다. '오직 진군하는 자에게만 미래가 있다.' 그러니 이런 결말은 너무나 이상했다. 부당했다. 부당하게 살아남았다. 이유를 알아내야 했다. 진군하지 않고 도망친 자가 살아남은 이유가 있을 것이다.

이유가 있을 것이다.

이유가 있어야만 한다.

*

아이는 좀 더 단호한 투로 재차 말했다.

"내 시신을 찾아 줘."

화린은 조그만 아이를 물끄러미 바라보았다. 말문이 막혀서 대답하지 못하고 한동안 눈을 껌뻑이기만 했다. 그렇게 눈을 껌뻑이던 찰나 아이가 감쪽같이 사라졌다. 어안이 벙벙해진 화린은 방금 전까지 아이가 서 있던 허공을 멀거니 응시했다.

기억을 더듬어 볼수록 화린은 점점 더 미궁에 빠져드는 기분이었다. 아이의 얼굴이 떠오르지 않았다. 정확히는 아이가 어떤 형상으로 이곳에 있었는지 어렴풋이 되짚는 것마저 불가능했다. 정말 아이인 것은 맞았나. 아니, 애초에 사람이었나. 개의 모습이었던 것 같기도, 개가 아닌 다른 낯선 동물

같기도……. 그도 아니라면 흐릿한 실루엣이나 그림자였을지도……. 도무지 알 수 없었다. 불과 몇 초 전에 마주친 아이의 모습이 새까맣게 잊힌 이유도, 그럼에도 그 아이가 남긴 말만큼은 생생히 머릿속에 박혀 있는 이유도.

 시신을 찾아 달라는 말. 어떤 얼굴로, 어떤 목소리로, 어떤 언어로 했는지 모를 그 말이 똑똑히 기억났다. 감각은 도려낸 듯 깨끗이 사라졌으나 그 요청은 오롯이 남았다. 부피가 없으나 분명 이곳에 있는 무언가, 유령보다는 오래된 노래나 전설 같은 무언가가 잠시 자신에게 닿았던 것 같다고 화린은 생각했다.

2

 유안의 손에는 책 한 권이 들려 있다. 이제는 너덜너덜하게 닳아 제목도 알아볼 수 없는 갈색 가죽 표지, 한 손에 가득 차는 두께와 무게, 낡아서 당장이라도 찢어질 것 같은 내지. 도진은 그 책을 '생명도감'이라고 불렀다. 아주 오래전부터 그렇게 불러 왔기에 도진도 그렇게 부른다고 했다.
 여러 동식물의 삽화와 설명이 수록된 책이었다. 700페이지가 조금 넘는 분량으로 약 140종의 동식물이 기록되어 있었다. 기록한 기준은 멸종의 시점. 곧 멸종할 것이 틀림없는 생명체를 그림과 글로나마 남겨 둔다고 서문을 통해 밝히고 있다. 저자의 예상은 거의 맞아떨어졌다. 현재 생명도감에 수록된 140종가량의 동식물 중 유안이 알아볼 수 있는 것은 거의 없었다. 나머지는 '절멸'했을까? 절멸은 "지구상에서 완벽히 사라졌다."라는 의미라고 책에 적혀 있다.

이제 더 이상 쓸모가 없는 이 책을 어째서인지 도진은 버리지 못했다. 그러고는 자기는 요절할 것이라고 농담하는 유안에게, 책에는 관심도 주지 않고 방구석에 처박아 둘 유안에게 도진은 생명도감을 맡겼다. 굳이 펼쳐 보지는 않아도 되니 반드시 지키기만 해 달라고 부탁하면서.

*

온실 마을에는 두 개의 경계선이 있다. 구역 외부와 내부를 가르는 얼음 담벼락, 그리고 구역 정중앙의 온실과 인가를 구분 짓는 각종 '관리실'. 회의실, 방송실, 전기 및 수도 센터, 식량 및 생필품 배급소, 보건소 등 공공기관을 주민들은 '관리실'이라고 통칭했다. 그중에서 온실 마을에 잘 머무르지 않는 유안이 활용하는 시설은 한정되어 있었다. 여느 짐꾼들처럼 유안은 온실 마을에 도착하면 곧장 차고로 향해 그 안에 썰매를 세워 두고, 천막과 울타리로 지어진 개집에 개들을 몰아넣은 뒤 바로 옆의 창고에서 고기를 가져다 개들에게 먹였다.

어쩐지 온실 마을에 오랜만에 오는 것처럼 느껴졌다. 유안은 썰매를 세우자마자 개들에게 물그릇을 가져다주고 자신도

목을 축였다. 개들이 물을 다 마실 즈음 이장을 마주친 유안은 꾸벅 고개를 숙였다. 평소 이장은 반드시 필요할 때가 아니면 주민을 개인적으로 찾지 않았다. 다소간 인정을 베풀되 선은 지켰다. 주민에게는 물론이고 외부인에게도 무척이나 허물없이 구는 한강의 구역장과는 딴판으로 달랐다. 이장에 대해 딱히 생각해 본 적이 없었던 유안은 한강 구역에서 잠시 머물러 보고 화린과 가까워지자 자연스럽게 이장과 구역장의 차이점을 떠올리게 되었다. 무성한 턱수염을 습관적으로 쓸던 이장은 인사 한마디 없이 곧장 용건을 꺼냈다.

"물자 운반에 대해서 한강 구역장과 얘기를 나눴다고 들었어."

어떻게 알았지 싶어 유안은 잠시 놀랐다. 정보꾼이 소식을 전한다면 유안이 도착하기 한참 전에 이미 소식을 전했겠지만, 인력을 들여 전할 만한 일은 아닌 듯싶었다. 그러나 유안은 짐짓 시큰둥하게 고개를 끄덕이며 원래 하던 대로 압록강까지 물자를 날라 주기로 했다고 대답했다. 이장은 의외라는 듯 눈을 살짝 치켜떴다. 혹시 유안이 구역장에게 부당한 대우라도 받았는지 걱정하는 듯싶어 그가 오해하기 전에 유안은 서둘러 말했다.

"한강 상황이 어렵다고 구역장님이 부탁하셔서 그냥 원래대로 조금 더 하기로 했어요."

이장은 찰나에 표정이 굳었다가 곧 평소의 차분함을 되찾았다.

"그래, 잘 해결됐구나."

옅은 미소를 띠며 턱수염을 매만지던 그는 유안을 바라보고는 부드럽게 입꼬리를 올렸다.

"그 사람 참, 언변이 대단해."

이장은 발걸음을 돌려 자리를 떠났고, 유안은 왜인지 모를 찝찝한 기분으로 그 뒷모습을 바라보았다. 개들이 컹컹 짖으며 밥을 보채는 소리에 유안은 정신을 차렸다. 개들을 진정시키고 창고 안을 살펴보니 개에게 먹일 고기가 거의 남아 있지 않았다.

종종 개들의 먹이를 챙겨 주던 도진을 생각하며 유안은 온실로 향했다. 주거 지역은 눈이 쌓이기 전 곧장 치우는 편인데 어쩐지 눈이 쌓여 있었다. 푹, 푹, 계속해서 눈 속으로 빠져드는 두 발을 옮겨 거대한 온실 벽 앞에 섰다. 여느 때처럼 벽 너머에서는 파란색 작업복을 입고 마스크를 쓴 사람들이 흙바닥을 밟고 돌아다니며 재배 작물을 돌보고 있었다. 유안이 보기에는 모든 사람이 똑같이 작업복을 입고 똑같이 흐릿하며 차분하게 움직이는, 단 한 종류의 사람처럼 보였다. 온실 밖에서 지켜보다 보면 유안은 혼자만 다른 세계 사람인 듯했다. 그때 온실 안의 작업자 중 한 명이 불현듯 고개를 들고 유안에게 손을 흔들었다. 유안은 반갑게 인사하는 그가 누구인지 알 수 없었다. 어쩌면 실제로 마주하더라도 모르는 사람일 것이다. 망원경을 통해 종종 훔쳐보았던 아주 먼 곳의 사람이 갑작스레 눈을 똑바로 마주 보며 인사를 건넨다면 이런 기분일까. 유안은 태연한 척 손을 흔들고 서둘러 발길을 돌렸다. 마을 사람들에게서 너무 멀어져 버린 느낌이 들었다. 도진의 죽음으로 단 하나의 연결고리마저 잃어버린 느낌. 자각하지 못하는 사이 끊임없이 온실로부터 멀어지는 유안을 간신히 이곳에 붙들어 놓은 사람은, 틈틈이 유안의 어깨를 잡고 이곳으로 끌어당기기를 반복했던 사람은, 매일 썰매를 끌고 온실 마을을 벗어나는 유안이 이곳에 돌아와야 했던 이유는······. 그러니까 온실 마을이 변함없이 유안의 세상이었던 이유는······.

이제 사라진 것이었다.

유안은 온실 가장자리에 위치한 '도축장'으로 향했다. 진짜 공장형 도축 시설은 온실 안에 있는데도 사람들은 모두 그곳을 그렇게 불렀다. '도축장'은 온실 안 농장에서 키운 가축을 옮겨 도축한 후 남은 부산물을 처리하는 도축 시설 마지막 구역이자 온실과 마을의 경계였다. 온실의 일꾼들은 사용하고 남은 고기를 온실 밖 '도축장'에 넘겼고, 고기를 좀 더 필요로 하는 주민들은 이장에게 허가를 받아 추가로 고기를 얻으러 그곳을 찾아갔다. 그때마다 마을 사람들은 오만상을 쓰며 기다리다가 고기를 받으면 얼른 떠나기 일쑤였다. 도축은 대부분의 주민들이 짐꾼만큼이나 기피하는 업무였다. 현재 근무 중인 사람은 거의 평생을 도축 일만 하며 지낸 중년 남자였다. 그가 어떤 이유로 이토록 오랫동안 도축장에 머무르는지 유안은 몰랐다. 대화를 나누어 본 기억도 딱히 없었다. 가끔 텅 빈 창고를 확인하고 개들의 먹이를 직접 받으러 갈 때마다 유안은 대체로 화가 나 있었고, 도축장 남자는 매사에 무뚝뚝했기 때문에 둘은 반드시 필요한 말이 아니면 좀처럼 주고받지 않았다. 그럼에도 도축장 근처에 가는 것조차 달갑지 않게 여기는 듯한 주민들을 유안은 조금 유난스럽다고 생각했다. 피 냄새를 풍기기는 했지만 그들이 상상하는 것만큼 끔찍한 광경을 직접 볼 일은 없었다. 자그마한 접객실에서 기다리기만 하면 손질된 고기를 얻을 수 있었다.

"양 뒷다리 하나, 닭 세 마리 주세요."

유안의 주문을 받은 남자는 뒤를 돌아 구석의 미닫이문을 열고 안으로 들어갔다. 방 안 천장에 주렁주렁 매달린 고깃덩이들이 유안의 눈에 띄었다가 곧 문에 가려졌다. 도마에 대고 탕, 탕, 칼질을 하는 소리가 들려왔다. 이윽고 남자는 개가 먹기 좋게끔 토막 낸 양고기와 닭고기를 봉투에 담아 유안에게 건네주었다. 유안이 고개를 꾸벅 숙이고 돌아서려던 참에 남자가 툭 던지듯 말했다.

"자네, 도진의 친구였지?"

"……네?"

"얘기 많이 들었어. 도진 장례식은 잘 처러 주었으니 너무 서운해 말어."

흠칫 놀라 남자를 쳐다보던 유안이 웅얼웅얼 물었다.

"도진과 아는 사이였어요?"

도진에게서 도축장 남자의 이야기를 들은 적이 없었다. 유안은 둘이 인사를 나누는 것조차 보지 못했지만 남자는 유안과 도진이 친구였던 것을 이미 알고 있었다. 그는 담담히 고개를 끄덕였는데 더 말해 줄 생각은 없어 보였다. 유안은 주춤거리며 걸음을 돌려 도축장을 나섰다. 그가 기억하는 도진은 어떤 사람인지, 둘 사이에 무슨 일이 있었는지 궁금했다. 그러나 동시에 굳이 알고 싶지 않은 마음이 들었다.

*

한강 구역 사람들이 다 모인 식사 시간에, 화린은 처음으로 고개를 두리번거리며 사람들을 유심히 살펴보았다. 전날 만난 아이를 찾아보았지만 그 아이는 끝내 눈에 띄지 않았다.

한강 구역 소속이 아닌 것이 확실했다.

화린은 우유를 부어 끓인 오트밀을 느릿느릿 씹으며 자기만의 생각에 빠져들었다. 굳이 확인하고 싶지 않은데도 같은 공간에 있다는 이유만으로 보아야 하는 것들, 들어야 하는 것들, 알아야 하는 것들……. 그런 것들을 모조리 지워 내고 혼자만의 생각에 빠져드는 것은 화린이 스스로 꼽는 가장 큰 장기였다. 주변 사람들이 나누는 대화는 화린에게 전혀 닿지 않았다. 구역장이 다가와 화린의 옆자리에 앉았을 때도 화린은 알아차리지 못했다. 구역장이 화린의 어깨를 짚고 마주 보며 싱긋 웃어 보인 후에야 고개를 들었다. 이윽고 구역장은 화린 이외에는 아무도 듣지 못할 만큼 작게 속삭였다.

"저 사람들을 봐."

여느 때처럼 공용 식당의 사람들은 각자 지정석에 얌전히 앉아 조금씩 분배된 음식을 먹으며 도란도란 이야기를 나누고 있었다. 서로에게 무척이나 살갑고 친절했으며 중간중간 경찰과 구역장의 눈치를 살폈다. 구역장은 화린과 함께 그들을 바라보며 나직이 말했다.

"참 비굴해 보이지 않니?"

놀란 것도 잠시 화린은 급격히 불쾌해졌다. 사람들은 그저 즐겁게 수다를 떨며 식사를 이어 가고 있었다. 그게 무슨 뜻이냐고 구역장에게 되물으려는 순간 먼 구석 자리에서 대뜸

큰소리가 울렸다.

"내가 건드리지 말라고 했지!"

뒤돌아보니 두 사람이 서로 노려보며 씨근덕대고 있었다. 발치에는 한 사람 몫의 오트밀죽이 바닥에 엎질러져 있었다. 그러나 이유 모를 다툼은 오래가지 않았다. 다른 사람이 개입하기도 전에 둘은 구역장과 그 주변에 서 있는 경찰들을 곁눈질하더니 눈치껏 언성을 낮추었다. 둘이 어영부영 화해를 하고 자리에 앉는 사이 다른 사람이 너그러이 나서서 바닥의 오트밀죽을 치워 주었다. 식당을 가득 채운 사람들은 곧 언제 그랬냐는 듯 화기애애한 분위기를 되찾았다. 화린의 옆에 앉은 구역장은 언제나처럼 여유롭게 웃고 있었다.

늦은 밤 화린은 몰래 등불을 들고 구역 밖으로 나왔다. 그 드넓은 곳에 화린 혼자뿐이었다. 어릴 적에 항상 함께였던 기주와 태하는 사라진 지 오래였다. 화린은 속절없이 외로워졌고, 이쯤이면 또 한 번 뼈저리게 외로울 때가 되었다는 생각을 담담히 했다. 화린에게 외로움이란 주기적으로 찾아오는 보름달 같았다. 이럴 때면 개들을 돌보러 가고는 했는데 어쩐지 걸음이 저절로 다른 곳을 향했다.

차근차근 나아가다 문득 뒤를 돌아보니 얼음 담장과 건물이 제법 멀어져 있었다. 화린은 시야 구석에 조그맣게 자리한 건물 꼭대기를 바라보았다. 밤늦게 이곳까지 나온 것은 실로 오랜만이라고 생각하다가 어쩌면 처음일지도 모른다고 생각을 고쳤다. 어릴 적 셋이서 종종 구역 밖으로 나오는 밤이면 뜀박질을 하며 아주 멀리 가 보려 애썼다. 다만 열 살 안팎의 어린아이였던 셋이 그렇게 노력한들 실제로 먼 곳까지 나갈 수 있을 리 없었다. 어릴 때는 녹초가 될 때까지 있는 힘껏 달려야 도착할 수 있던 지점에 이제는 자각조차 못 하는 사이 너무 쉽게 걸어 다다를 수 있었다. 그때보다 체력이 훨씬 늘었고 보폭도 커졌으니까. 시간이 흘렀으니까.

바람이 날카로운 소리를 내며 휘몰아쳤다. 모닥불을 피우고 싶지만 불쏘시개도 장작도 가져오지 않았다. 화린은 어쩔 수 없이 등불을 들고 발목을 눈 속에 파묻은 채 우두커니 서 있어야만 했다. 등불의 미미한 불빛은 그야말로 한 치 앞만을 비추었고, 밤하늘은 흐려서 달과 별이 잘 보이지 않았다. 그 순간 화린은 주기적으로 하늘에 드러났다 사라지는 보름달 같은 것이 아닌, 갑작스럽게 불어닥치는 강설 같은 외로움에 사로잡혔다. 사방이 고요하고 적막한 한밤중의 설원에서 화린은 그렇듯 흔들리고 있었다.

기주를 원망하고 싶지 않다고 화린은 속으로 되뇌었다. 찬찬히 설득하려 해 보았자 기주는 자신이 어째서 이기적이었는지 깨닫지 못할 테고, 태하가 있었다면 그런 기주를 이해하자고 화린을 달래는 동시에 기주에게는 화린의 입장을 납득시키려 노력했을 테지만, 태하는 이제 없다. 무려 4년째 기주는 태하가 사정이 있어 늦을 뿐 곧 압록강으로 돌아올 것이라고 믿었다. 기주가 그런 말을 할 때마다 화린은 대꾸 없이 기주의 시선을 피했다. 애초에 태하가 압록강에 간 건 기주 때문이었다. 이 눈밭에서 사라져 4년째 돌아오지 않는다면 그 결말은 누구나 어렵지 않게 짐작할 수 있을 텐데 그 당연한 사실을 기주만 모르는 척하는 것 같았다.

화린은 한참을 더 그 자리에 서 있었다. 화린은 완벽히 혼자였다. 전에 만난 낯선 아이라도 다시 한번 보고 싶었지만 아이는 화린을 찾아오지 않았다. 화린은 지구의 온도가 낮아지고 또 낮아져 끝내 모든 것이 얼어붙고야 마는 상상을 했다. 세상이 망하는, 자연히 모든 것이 사라지는 그런 상상. 옛날 언젠가 이곳에 큰 강이 흘렀다는 이야기보다는 현실적으로 느껴지는 상상.

*

압록강 기지는 새 얼음벽을 세우기 시작했다. 빙하를 부숴 얻은 얼음을 망치와 톱으로 직육면체의 벽돌로 깎았다. 수많은 얼음 벽돌을 쌓고 또 쌓아 기지의 방어막을 한 겹 더 마련하는 것이 목표였다. 5년 전 반도군이 기지를 되찾은 이후 대륙군은 내내 잠잠했다. 가끔 최전방 초소에서 움직임이 목격되기도 했으나 쳐들어올 기미는 보이지 않았다. 그럼에도 기주는 벽을 하나 더 세울 시간에 구체적인 전쟁 대비를 해야 한다는 의견을 피력했지만 대장은 이렇게 평화로울 때야말로 새로운 방어벽을 만들 적기라는 생각을 꺾지 않았다. 기주는 그 지나칠 만큼 완강한 태도에 당황했다. 기주가 알던 대장은 이성적이고 합리적인 동시에 부하들의 의견에 충분히 귀 기울일 줄 아는 사람이었다. 대장에게 화를 느끼면서도 기주는 마음 깊은 곳에서 그를 이해하고 있었다. 대장도 알고 있는 것이다. 반도군에 남은 희망이 희박하다는 사실을. 5년 전보다 더 강력해진 대륙군이 이곳을 집어삼킬 적절한 때를 노리고 있을지도 모르는데 반도군은 약해지기만 했다. 모두가 아슬아슬하게 버티고 있었다. 마지막 남은 실낱같은 희망을 그러쥐고서.

노동에는 대부분의 병사들이 동원되었다. 대장은 최대한 빨리 공사를 마치기 위해 한강 구역에 인력 지원을 요청하라고 명령했다. 이제껏 압록강의 군인들이 목숨을 바쳐 다른 구역을 지켜 주었으니 이 정도는 충분히 요구할 만하다는 것이었다. 기주는 부당한 일이라며 반대했지만 대장은 완고했다. 도리어 기주가 그곳 출신이라는 이유로 한강 구역장을 직접 설득할 것을 지시했다. 회의실에서 대장의 언성은 점점 더 높아졌고, 기다란 탁자 주변에 둘러앉은 다른 간부들은 그의 눈치를 보느라 숨을 죽였다. 끝내 대장이 지휘봉을 바닥에 내던지자, 기주는 차마 더 버티지 못하고 한강 구역에 들를 채비를 했다.

무력했다. 대체 어디서부터 잘못된 걸까. 차라리 이 모든 것을 모르고 사는 편이 나았을까. 한강 구역에서 태어났으니 그냥 한강 구역에서 살아가는 인생도…… 나름 가치가 있었을 것이다. 어쩌면 군인이 되려 애쓴 시간보다 훨씬 더. 거기까지 생각이 닿자 기주는 눈을 질끈 감으며 잡념에서 빠져나왔다. 들켜서는 안 된다고, 이런 나약한 생각을 들켜서는 안 된다고 되뇌었다.

차고에서 썰매를 꺼내자 때맞춰 백건이 개들을 데려왔다. 기주는 괜스레 툴툴거렸다.

"왜. 놀리러 왔어?"

백건은 그럴 줄 알았다는 듯 웃으며 썰매에 갱라인을 연결하고는 넌지시 말했다.

"지금 출발하면 시간이 애매할 텐데."

"네가 무슨 상관이야."

보란 듯이 썰매에 올라탄 기주 곁에 백건이 앉았다. 잠시 고민하던 기주는 될 대로 되라는 기분이 되어 그대로 한강 구역으로 출발했다.

압록강에서 한강까지는 부지런히 달려도 일주일 이상 걸렸다. 오후 2시쯤 출발했으니 백건의 말마따나 시간이 애매했고, 얼마 나아가지도 못했는데 해가 졌다. 기주는 어쩔 수 없이 썰매를 세웠다. 지난 몇 년간 압록강에만 머무르며 이동을 거의 해 보지 않았던 터라 매서운 바람을 맞으며 같은 자세로 썰매를 오래 타니 온몸이 힘들었다. 허허벌판에서 나침반과 지도만으로 방향을 잡고 정해진 길로 가는 것도, 개들을 다루는 것도 무척 까다로운 일이어서 몇 시간 내내 긴장 상태를 유지해야 했다. 기주는 썰매에서 내려 뻐근한 어깨를 주물렀다. 화린이 이 일을 거의 날마다 반복한다는 것이 믿기지 않았다.

기주가 털모자와 고글을 벗고 가볍게 스트레칭을 하는 사이 백건은 썰매 짐칸에 싣고 온 모닥불 장비를 꺼냈다. 눈을 파내고 장작 여러 개를 두 층으로 쌓아 불을 피웠다. 기주는 새삼 백건의 능숙함이 버거웠다. 평생 안간힘을 써도 절대 백건 같은 군인이 되지 못하겠지. 기주는 고글에 짓눌려 부은 눈가를 문질렀다. 차라리 압록강으로 떠나오지 않았더라면, 사소한 무엇 하나에라도 익숙한, 평범한 사람으로 살아갈 수 있었을지도 모른다. 어쩌면 군인 일이란 애초부터 나에게는 지나친 욕심이었을까. 기주는 무언가 턱 걸린 것처럼 가슴이 답답해졌다. 백건이 보면 이상한 낌새를 알아차릴 것만 같아서 의식적으로 멀쩡한 척 호흡했다. 모닥불 앞에 앉은 백건은 등지고 있던 기주를 돌아보며 배시시 웃었다.

"이리 와. 따뜻해."

기주는 백건을 물끄러미 바라보다가 선선히 그에게 다가가 옆에 앉았다.

"어두워졌네."

백건의 말에 기주는 묵묵히 고개를 끄덕였다. 백건은 다시 말을 이었다.

"이제 밤이야."

기주는 또 한 번 조용히 고개를 끄덕였다.

"남쪽이어도 춥긴 춥네."

"……."

"잠들면 금방 죽겠다."

"……."

"나 졸면 네가 깨워 줘. 나도 깨워 줄 테니까."

"……."

"기주야."

"……."

"오늘 하늘이 맑아. 별이 잘 보여."

"알겠으니까 조용히 좀 해."

"저기 봐 봐."

기주는 저도 모르게 백건이 가리키는 밤하늘을 올려다보았다. 그의 말대로 밤하늘이 유난히 맑고 별빛이 찬란했다. 얼마 전 백건이 이야기한 가장 환한 별이 떠올랐다. 유심히 별들을 살펴보았지만 어김없이 가장 환한 별은 골라낼 수 없었다. 또 그 별 이야기를 해 주기를 내심 기다렸는데 백건은 의외로 침묵했다. 한동안 모닥불에만 꽂혀 있던 백건의 시선이 잠시 기주를 향했고, 무언가 말을 삼키는 듯 가만히 쳐다보기만 하다가 눈길을 돌렸다.

기주는 몸을 좀 더 웅크렸다. 순간 화린, 태하와 함께 보낸 어린 시절의 밤을 조금도 떠올리지 않고 있다는 것을 알았다. 그 사실이 기주에게 옅은 충격을 안겼다. 한밤중에 설원에 앉아 모닥불의 온기를 쬐고 있는 지금, 곁에 있는 사람이 백건이라는 사실이 이상하게 느껴지지 않았다. 이상하지 않은 지 오래라는 걸 이제야 알았다.

기주와 백건이 한강 구역에 도착했을 때 둘을 마중 나온 사람은 화린이었다. 웬일로 왔느냐고 묻는 화린에게서는 반가움보다 불편함이 더 선명히 느껴졌다. 기주는 서운함을 내색하지는 않았다. 오랜만에 들른 한강 구역과 그 풍경에 잘 어우러지는 화린이 낯설기는 기주도 마찬가지였기 때문에. 어느덧 기주는 썰매에서 막 내린 화린의 모습이 가장 익숙했다. 털모자에 눌려 있던 머리가 헝클어지고 뺨은 발갛게 언 채 눈가에 고글 자국이 남은 그 모습만을 예닐곱 해 내내 보았다. 하지만 한강 구역의 화린은, 그러니까 평소의 화린은 무척 깔끔하고 단정했다. 가무잡잡한 얼굴이 말끔했으며 길고 새까만 머리칼은 잘 정돈되어 윤기가 흘렀다.

화린은 기주와 백건을 회의실로 안내했다. 오랜만에 만난 구역장은 서글서글하게 웃으며 둘을 반겨 주었지만 명백히 손님을 대하는 태도를 보였다. 기주는 자신이 고향에 온 것이 아니라 다른 구역의 손님이 되었다는 사실을 찜찜한 기분으로 확인했다. 생각해 보면 당연했다. 기주는 늘 한강 구역 사람의 모습을 버리기 위해 노력해 왔으니까. 그러나 막상 더 이상 이곳 사람이 아님을, 다시는 돌이킬 수 없음을 실감하자 낯선 막막함이 뒤따랐다. 군인이 되려 옛 모습을 버렸는데, 어릴 적 꿈꾸던 군인이 되는 데에도 실패한 것 같아서.

커다란 테이블을 사이에 두고 기주는 백건과 함께, 화린은 구역장과 그 외 구역민 세 사람과 함께 맞은편에 앉았다. 경찰들이 주위를 둘러싸고 있었다. 이제는 기주가 압록강의 요구를 전달할 때였다. 대륙군의 공격에 대비해 벽을 쌓는 중인데 인력이 부족하니 사람들을 보내 도와줄 수 있는지. 말을 꺼내자마자 분위기가 순식간에 차갑게 가라앉았다. 구역 사람들 중 한 명이 벌떡 일어나 성을 냈다.

"우리가 왜 그쪽들 일을 대신 해야 합니까!"

다른 사람들도 불만을 한두 마디씩 보태는 탓에 방 안이 급격히 소란스러워졌다. 구역장은 주민들을 진정시키지 않았다. 다만 상냥한 미소를 잃지 않고 그저 은근하게 곤란한 기색을 드러내며 기주를 빤히 마주 보았다.

"우리 사람들을 강제로 그런 일에 동원할 수는 없어요."

"압록강의 방어막은 반도의 모든 사람에게 필요한 일입니다. 압록강 기지가 무너지면 다 같이 위험해지는 건 자명합니다."

기주가 차분히 설득하려 할수록 사람들은 한층 더 화난 기색이었지만 말이 없었다. 한동안 지속되던 정적을 깬 사람은 구역장이었다.

"다른 사람도 아니고 한강 구역 출신인 기주에게 이런 말을 들으니 마음이 아프네요."

구역장은 몹시 서글픈 표정을 지었다. 기주는 순간 말문이 막혔다. 잠시 침묵하던 구역장이 너그러운 표정이 되어 말했다.

"아마도 기주 뜻은 아닐 거예요. 그보다 윗선의 명령일 테지요. 그저 전달하러 온 손님에게 무례하게 굴지 맙시다. 화를 내는 것도 무의미하지 않겠어요?"

일련의 상황을 가만히 지켜보던 화린이 뒤이어 말했다.

"네. 그럴 수 있겠어요."

화린의 말을 끝으로 사람들의 표정이 차츰 부드러워졌다. 그 즉각적인 변화에 놀란 기색을 감추며 기주는 문득 화린의 속내를 파악할 수 없다고, 낯설다고 생각했다. 그저 반응이 조금 느리다고만 여겼는데. 어쩌면 굼뜬 건 화린이 아니라 자신일지도 모른다는 생각이 번뜩 들었다. 매사에 화린보다 어리고 성급했던 것은 자신일지도 모른다는 그런 섬뜩한 생각.

크레바스와 화이트아웃. 구역장을 비롯한 어른들은 어린아이들이 함부로 구역 밖에 나가지 않도록 겁을 줄 때마다 그 무시무시한 자연현상을 언급했다. 당시 기주는 공연히 오기가 생겨 몰래 밖에 나갈 기회만을 노리는 아이였고, 태하는 그런 기주를 말리다가 체념하고 기주와 같이 나서는 아이였다면, 화린은 둘의 실랑이를 잠자코 지켜보다 슬쩍 둘을 따라오는 아이였다. 어른들이 틈만 나면 입에 올리는 그 예기치 못한 자연의 급습을 겪은 것은 열다섯 살 때였다.

크레바스에 빠지는 것을 대비하기 위해서는 지팡이를 들고 땅을 찔러 보며 다니거나 개를 앞장세워야 했다. 구역의 노인들은 예전에 같이 걸어가던 사람이 크레바스에 빠져 죽는 것을 보았다며 오래된 괴담을 풀어내듯 그때 이야기를 자주 했다. 나보다 아주 조금 더 앞서갔을 뿐인데, 눈으로 보기에는 그저 다 똑같은 눈밭이었는데…… 그 사람 발밑이 푹 꺼지는 거야. 그대로 낭떠러지 아래로 떨어져 버린 거지. 기주는 그야말로 옛날이야기를 듣는 기분이어서 경각심을 갖지 못했다. 평소와 같았던 어느 날, 낯선 곳을 향하던 셋은 처음으로 크레바스를 마주했다. 그들이 빠진 것은 아니었다. 그날따라 함께 나온 개 한 마리가 한순간에 눈앞에서 사라졌다. 어딘가에 빠졌다는 말보다는 감쪽같이 사라졌다는 말이 더 어울렸다. 컹, 외마디 울음소리가 메아리처럼 울려 퍼졌다. 충격을 받아 얼굴이 하얗게 질린 화린과 태하에게 기주는 낯선 곳으로 가 보자고 한 것을 몇 번이고 사과했다. 그래도 우리가 크레바스에 떨어진 건 아니어서 다행이라고 무심코 말했을 때, 화린의 눈에서 눈물이 툭 떨어져 내렸다. 화린은 얼굴을 구기지도 않고 굵은 눈물을 몇 줄기 흘리다가 제풀에 그쳤고, 태하는 화린의 어깨를 가만가만 토닥였다. 영문도 모르는 건 기주뿐인 듯했다.

10년도 더 지난 그날이 새삼 떠올랐다. 아무런 소득 없이 한강 구역의 건물을 나오며 기주는 어쩐지 화린을 마주 보기 힘들었다. 오히려 백건이 화린에게 자리에 함께해 주어 고맙다고, 기주가 해야 할 인사를 대신했다. 화린은 어쩐지 피곤한 듯한 얼굴로 한마디 대답했다.

"아니에요."

화린은 대문을 열어 주고는 기주를 향해 살며시 손을 흔들었다.

"조심히 가."

대문 밖에는 기주와 백건이 타고 온 썰매가 세워져 있었다. 기주는 다시 썰매로 그 먼 거리를 돌아가야 한다는 사실에 막막해졌다. 그동안 네가 참 힘든 일을 하고 있었다고, 그런 일을 정말이지 무던하게 해 왔다고 화린에게 말하고 싶었지만 새삼 어떻게 마음을 전해야 할지 몰랐다. 오늘처럼 낯선 화린에게는 더더욱.

기주가 썰매 앞에서 뜸을 들이던 참이었다. 멀리서 개들이 짖는 소리와 썰매 날이 눈밭 위를 스치는 소리가 점점 가깝게 다가왔다. 그 소리에 뜻밖에도 화린이 다시 대문 밖으로 얼굴을 내밀었는데, 눈에 띄게 밝아진 표정이었다. 전에 화린과 함께 압록강에 왔던 온실 마을의 짐꾼 유안의 썰매 소리였다.

"빨리 왔네요."

화린이 환하게 웃으며 말했다. 썰매에서 내린 유안도 반갑게 웃으며 화린에게 손을 흔들고는 기주와 백건에게 차분하게 인사했다. 백건은 선선히 인사에 화답했지만 기주는 그럴 수 없었다. 그러는 사이 화린은 유안의 썰매에 묶인 개들에게 다가가 유안 대신 물을 주었다.

"못 보던 아이가 있네요."

화린이 유안을 향해 말했고 유안은 고개를 끄덕였다.

"오늘 처음 썰매를 끄는 애예요."

둘은 편안해 보였다. 둘의 눈빛과 미소에는 서로를 향한 진심 어린 호감이 담겨 있었다. 화린이 저렇게 유하고 부드러운 사람이었지. 씁쓸하게 생각하며 기주는 그 둘을 조용히 바라보았다. 기주는 화린과 함께했던 시간과 함께하지 못한 시간을 뒤늦게 가늠해 보았다. 곧 함께하지 못한 시간이 함께한 시간을 넘어설 것이다. 그때는 결코 되돌릴 수 없겠지. 결코.

*

개들의 먹이를 보관하는 공용 창고는 여전히 걸핏하면 비어 있었다. 유안은 예전과는 달리 짜증을 내지 않고 기꺼운 마음으로 도축장에 찾아갔다. 남자는 접객실의 플라스틱 의자에 비뚜름히 앉아 화롯불을 지피다가 고개를 들었다. 양 뒷다리 하나, 닭 세 마리? 하고 그가 무뚝뚝한 투로 물었다. 유안은 고개를 끄덕이며 구석의 또 다른 의자에 앉았다. 도축장에 자주 들르면서도 자리에 앉기는 처음이었다. 남자가 유안을 흘끗 곁눈질하고는 별다른 말 없이 방으로 들어갔다. 남자는 손길이 투박하고 거친 구석이 있었다. 삐걱대는 미닫이문을 여닫을 때는 쾅쾅 소리가 났고, 그 문 너머에서 천장에 매달린 고기를 끌어 내릴 때는 탁탁 소리가 났으며, 도마에 대고 칼질을 할 때는 탕탕 소리가 났다. 둔탁하면서도 경쾌한 리듬감이 느껴졌다.

유안은 화롯불에 장작을 더 넣으려고 일어섰다가 우뚝 멈추어 섰다. 두툼한 카펫이 깔린 바닥 한구석에 조그맣고 둥그런 무언가가 덩그러니 놓여 있었다. 유안은 손바닥보다 한참 작은 그것을 조심스럽게 주워 들었다. 표면이 단단하고 오돌토돌한, 한쪽 끝이 뾰족하게 도드라진 고동색 견과류. 처음 보았으니 확실하지는 않지만 견과류 같았다. 그렇다면 온실에서 식용으로 기르는 것일 텐데 이상하게도 유안은 이제껏 한 번도 본 적이 없었다. 유안이 그 정체 모를 견과류를 한참 들여다보고 있을 때 남자가 양고기와 닭고기를 봉투에 담아 가져왔다. 유안은 검지와 엄지로 견과류를 집어 남자에게 보여주었다.

"이게 뭔지 아세요?"

"이게 뭔데?"

"여기 있던 건데, 아저씨도 모르세요?"

"누가 흘리고 갔나 보지. 원래 많이들 그래."

"처음 보는 거예요? 전혀 몰라요?"

"난 모른다."

남자는 견과류에 관심이 없어 보였다. 유안은 그것을 슬쩍

외투 주머니에 챙겨 넣었다.

언젠가부터 유안은 한강구역에 갈 때면 화린을 찾았다. 굳이 서로 만날 필요 없이 한강 구역에 짐만 넘겨주어도 되는 날에도 화린은 대문 앞에서 유안을 기다렸고, 다음 일정을 맞췄다. 압록강 기지까지 짐을 나르는 날이면 둘은 함께 썰매를 끌고 설원을 가로질렀다. 유안은 그간 한 번도 신경 쓰지 않았고 알아낼 생각도 없었던 것들을 여럿 터득했다. 두 썰매가 너무 가까우면 썰매 날이 일으키는 눈보라가 상대의 시야를 가리기 때문에 나란히 이동할 때 적당한 간격을 유지해야 한다는 사실을 알게 되었고, 자연스레 만들어진 몇몇 수신호에 익숙해졌다. 머리 위로 손을 활짝 펼치면 잠시 쉬어 가자는 뜻이었고, 손뼉을 연달아 치면 썰매에 이상이 있다는 뜻이었다.

유안은 화린에게 정이 들었다는 것을 인정할 수밖에 없었다. 언젠가부터, 라는 말로 설명할 수밖에 없는 일들이 하나둘 뒤따라왔다. 언젠가부터 유안은 산양유와 육포를 넉넉히 챙겼다. 화린이 먹을 것을 자주 빠트리기 때문이었다. 압록강에 갈 때면 둘은 임시 천막을 치고 모닥불을 피우며 여러 밤을 함께 보냈다. 피로 탓에 조금은 몽롱한 상태로 몇 시간을 내내 나란히 앉아 있다 보니 둘은 실없거나 은밀한 이야기도 종종 주고받았다. 한번은 유안이 저도 모르게 도진의 이야기를 꺼냈다. 도진에 대해 하게 되리라 상상도 못 한 자신의 말들에 스스로도 놀라면서.

"내가 몰랐던 도진의 모습이 많았을 거라는 생각이 요즘에야 들어요. 아무래도 당연한 일이겠죠. 도진은 계속 온실에 있었는데 나는 계속 바깥을 떠돌아다녔으니까. 그런데 왠지……."

"왠지 서운해요?"

"그렇기도 하고, 조금은 답답한 것 같기도 해요. 도진은 죽었고, 그러니까 그 애가 어떤 생각을 하면서 어떤 사람들과 지냈는지 나는 절대 알 수가 없고…… 앞으로의 시간이란 게 없으니까요. 도진만 생각하면 자꾸 같은 자리에 혼자 멈춰 있는 기분이 들어요."

"계속 같은 기억으로 돌아가게 되니까요."

화린은 나른한 말투로 대답하며 몸을 좀 더 웅크렸다. 유안은 얼마 전 화린에게서 들은 태하 이야기가 떠올랐고, 화린도 자신과 비슷할지 모르겠다는 생각이 들었다. 생각해 보면 화린이 늘 말수가 적었기 때문에 유안은 화린의 속내를 깊숙이 알지 못했다. 유안은 모닥불에 장작을 하나 더 던져 넣고는 다홍빛 그늘이 드리워진 화린의 옆얼굴을 응시했다.

"화린도 계속 같은 기억에 서 있어요?"

화린은 시선을 살짝 올려 유안을 마주 보았다. 이내 천천히 다시 시선을 떨구며 중얼거렸다.

"나는 계속, 거기 서서…… 노려보고 있는 것 같아요."

잠시 침묵하던 화린은 차라리 자책만 할 수 있다면 좋았을 것이라고, 자꾸 친구를 원망하게 된다고 털어놓았다. 유안은 그 친구가 기주일 거라고 짐작하며 그런 감정을 화린이 느낀다니 의외라고 생각했다. 유안이 물끄러미 쳐다보니 화린은 희미한 미소를 지으며 물었다.

"의외인가요?"

"순간 의외라고 생각하긴 했는데……."

"네."

"제가 그렇게 판단할 수는 없는 거죠."

"왜요?"

"우리는 아직 서로 잘 모르니까."

"잘 모르나요?"

"그렇지 않을까요."

"몇 번밖에 만나지 않아서요?"

"네, 몇 번밖에 만나지 않아서."

"글쎄요. 기주도, 그리고 어쩌면 태하도…….."

"네."

"잘 모를 거예요."

"그래요?"

"나를 잘 안다고 생각하고, 그러다 의외라고 생각하고, 그다음에는."

"네."

"내가 변했다고 생각하겠죠."

화린은 말없이 모닥불을 빤히 들여다보았다. 유안은 화제를 돌렸다.

"그럼 이제 다른 이야기를 할까요."

"무슨 이야기요?"

"음…… 처음 만난 사람 이야기?"

유안은 도축장 남자에 대해 말했다. 평생 같은 온실 마을에서 살았는데도 단 한 번도 의식하지 못했던 사람. 사실상 도진의 죽음을 통해 알게 된 사람이라고 유안이 말을 마치자, 이번에는 화린이 입을 열었다.

"나는…… 어떤 아이를 만났어요."

화린은 차분히 말을 이어 나갔다. 얼마 전 마주친, 거짓말처럼 나타났다 사라진 아이와 괴상한 요청. 유안은 놀라서 물었다.

"자기 시신을 찾아 달라고 했다고요?"

화린은 담담히 고개를 끄덕였다.

"꿈을 꾸었던 걸까요……."

그렇게 중얼거리더니 곧바로 정정했다.

"꿈은 분명히 아니었어요. 하지만……."

"네."

"사람이 아니었던 것 같기도 해요."

"그러면요?"

"어떤 형상이나 기운 같은……."

혼잣말을 중얼거리던 화린은 곧 입을 닫고 깊은 생각에 잠긴 듯 한동안 가만히 모닥불을 바라보고만 있었다. 유안은 화린을 방해하지 않기 위해 함께 침묵을 지켰다.

*

며칠째 분위기가 험악했다. 대장은 한강 구역 사람들을 데려오지 못한 것을 영 언짢아했고, 기주가 일부러 일을 그르친 건 아닌지 의심하는 눈치였다.

인력이 부족한 탓에 병사들은 밤낮으로 빙하를 부수고 얼음 벽돌을 만들며 담을 쌓았다. 기주는 지친 병사들을 데리고 전투 훈련을 강행했다. 병사들의 불만이 고조되어 가는 것을 알았지만 기주는 뜻을 굽히지 않았다. 그것이 중령의 역할이라고 믿었다. 그러나 벽 건설 노동이 힘들어질수록 자신을 향하는 병사들의 눈빛이 유난히 차가워지는 것이 느껴졌다. 이 상황을 해결할 수 없음에 기주는 곧잘 자괴감에 시달렸다.

그러는 동안 백건은 묵묵히 기주의 지시를 따랐다. 혹시나 이 상황을 부당하게 여길까 은근한 불안감이 있었는데, 백건은 늘 최선을 다해 훈련에 임했다. 누구든 백건과 맞붙으면 순식간에 제압당하고 그의 칼날 앞에 급소를 내보였다. 눈 깜짝할 새에 상대를 무릎 꿇리는 백건을 먼발치에서 지켜보던 대장은 나즈막히 말했다.

"저건 참, 날이 갈수록 괴물이 되네."

칭찬인지 욕인지 알 수 없는 묘한 말투였다. 바로 옆에 서 있던 기주는 곧장 대답하듯 덧붙였다.

"네, 우리 군에서 가장 뛰어난 병사입니다."

대장은 아무 말 없이 기주를 응시하더니 자리를 떠났다.

식량과 총알이 떨어져 가던 참에 온실과 한강의 짐꾼들이 도착했다. 기주는 기지 대문 앞으로 직접 마중을 나갔다. 어느 정도 예상하고 있었는데도 막상 화린이 유안과 함께 온 것을 보니 기분이 썩 좋지 않았다. 최근 기주의 불안한 직감은 점점 확신이 되어 가고 있었다. 그 탐탁지 않은 기분은 단순히 소꿉친구가 다른 사람과 친해졌다는 이유로 발동한 질투 따위가 아니었다. 기주는 화린이 아주 빠른 속도로 멀어져 간다고 느꼈다. 정확히는 아무런 미련 없이 등을 획 돌려 마치 기다렸다는 듯 자신을 떠나가고 있다고 느꼈다. 화린과 유안

사이에는 편안하고 부드러운 기류가 흘렀다. 기주가 아는 화린은 유한 사람이었지만 다정한 사람은 결코 아니었다. 이제는 자신이 알던 화린이 아닌 것만 같아서, 화린이 변한 건지 혹은 자신이 화린을 잘 모르고 있었던 건지 헷갈렸다.

화린과 유안은 짐만 두고 금세 떠날 채비를 했다. 기주는 자기도 모르게 둘의 대화에 끼어들었다.

"잠깐 막사에서 쉬었다 가. 피곤해 보여."

화린은 유안을 쳐다보았다. 유안은 잠시 망설이는 듯싶더니 고개를 끄덕였다. 기주는 둘을 자신의 막사로 데려갔다. 언제나처럼 백건이 있었다. 화롯불에 냄비를 얹고 옥수수 수프를 데우던 백건은 반가운 얼굴로 화린과 유안에게 인사했다.

"오랜만에 보네요. 잘 지냈어요?"

화린과 유안은 조용히 미소를 지으며 인사했고, 기주는 쉬러 왔으니 괴롭히지 말라며 가볍게 타박했다.

백건이 옮겨 준 의자에 앉던 유안이 아 하고 외마디 소리를 흘렸다. 곧이어 단단하고 조그만 무언가가 도르르 카펫 위를 굴렀다. 제 발치에 다다른 그것을 기주는 곧장 집어 들었다. 손가락 한 마디쯤 되는 길이, 길쭉하고 둥근 형태, 짙은 갈색.

"이게 뭐예요?"

기주가 그것에서 시선을 떼지 못한 채 묻자 유안은 어깨를 으쓱하며 말했다.

"저도 주운 거라 잘 모르지만, 아마 견과류 같아요."

기주는 의아해져서 중얼거렸다.

"온실 마을 사람도 잘 모르는군요."

"저는 온실에 출입하는 사람은 아니어서요. 짐꾼이니까."

"그래도 온실에서 기르는 견과류라면 한번쯤 보지 않았을까요?"

기주의 말에 유안은 멈칫했다. 온실 연구원들이 개발 중인 신품종이라면…… 하며 얼버무리는 유안에게 기주는 그것을 돌려주었다.

"언제 발견한 건데요?"

"한 달 전쯤?"

"여태 상하지 않았다면 씨앗일 수 있겠네요."

"씨앗요?"

놀라는 유안에게 기주는 대수롭지 않게 대답했다.

"눈을 파고 수색하다 보면 종종 이상한 돌을 발견하는데, 식물의 씨앗인 경우가 있었어요. 추워서 싹을 피우지 못한 채로 죽은 듯 멈춰 있는. 여기선 그런 걸 가끔 발견해요."

때마침 백건이 따뜻하게 데운 옥수수 수프를 접시에 담아 나누어 주었다. 유안은 접시를 받아 수프를 입에 떠 넣는 동안에도 무언가를 곰곰 생각하는 듯했다. 화린이 그런 유안을 다정히 살피고 있다는 것을 알아차렸을 때 기주는 무언가가 가슴을 묵직하게 짓누르는 것만 같아 한동안 입을 열지 못했다.

수프 접시를 비운 화린과 유안은 금세 떠날 채비를 했다. 기주는 둘을 따라 서둘러 막사 밖으로 나갔다.

유안이 썰매 날을 점검하느라 잠시 자리를 비운 동안 기주는 왜인지 모를 초조함으로 화린을 물끄러미 바라보았다. 화린 하고 중얼거리듯 부르자 쪼그려 앉아 개를 돌보던 화린이 살며시 고개를 들었다. 기주는 그 시선에 어쩐지 위화감이 들어서 뜸을 들이다 말했다.

"난 네가…… 다른 사람이랑 그렇게 가까워질 줄 몰랐어."

그저 태연하게 신기함만을 드러내기 위해, 못마땅한 듯 보이지 않기 위해 기주는 안간힘을 썼다. 혹시 화린이 미묘한 불편함을 알아차릴까 싶어 불안했고, 그와 동시에 자신이 화린에게 무언가 지나치게 조심하고 있다는 것이 낯설었다. 기주는 저도 모르게 변명하듯 주절거렸다.

"새로운 친구가 생기는 건 당연히 좋은 일이고, 나도 좋다고 생각해. 내 말은 그냥 신기하다는 뜻이야. 조금 낯설기도 하고, 그러니까 내 말은, 음…… 어쨌든 부정적인 뜻은 아니었어. 너도 알지?"

두서없는 말을 화린은 가만히 듣고만 있었다. 기주는 그 시선에 압도되어 말끝을 흐렸다. 이내 기주가 침묵을 되찾자 화린은 무척이나 건조한 목소리로 툭 던지듯 말했다.

"알아. 널 이해해."

기주는 더 이상 아무 말도 할 수 없었다.

그날 밤 기주는 잠들지 못하고 막사 밖으로 나왔다. 망원경을 들고 초소로 향했다. 초소에서 망원경으로 깜깜한 지평선을 건너다보았다. 렌즈에 희뿌연 김이 서리지 않도록 숨을 참고 정면을 똑바로 응시했다. 망원경을 챙겨 초소에 온 것도, 이렇듯 숨을 꾹 참고 저편을 바라보는 것도 지극히 의식적인 행동이라는 것을 기주 스스로도 알았다. 태하에 대한 그리움을 지속하는 방식. 저 막막할 정도로 큰 대륙에서 태하가 언젠가는 돌아올 것이라고 희망을 품어야 했으므로.

그러나 기주의 망원경은 자꾸만 지평선을 벗어났다. 어느 순간 기주는 망원경을 내린 채 별빛이 찬란한 밤하늘을 올려다보고 있었다. 고개를 돌렸을 때 초소 아래에는 백건이 서 있었다. 백건은 혼자서 뭐 하냐고 장난스럽게 물으며 손을 내밀었다. 기주에게까지 손이 닿을 리 없다는 것을 알 텐데도.

"이리 와."

기주는 선선히 초소에서 내려왔다. 백건은 싱글거리며 너스레를 떨었다.

"혹시 나 기다렸어?"

그 말에 기주는 대답하지 않았다.

둘은 초소에서 기지로 돌아가다 말고 눈밭에 자리를 잡았다. 백건은 준비해 온 장비로 눈밭에서 금세 불을 피워 냈다. 모닥불의 훈훈한 열기가 끼쳐 오자 기주는 조금씩 잠이 왔다. 백건이 옆에서 어깨를 톡톡 치며 너 그러다 얼어 죽는다 하고 농담하자, 기주는 백건을 째려보며 눈을 비볐다. 잠기운에 살며시 잠겨 있었기 때문인지 기주는 무슨 말을 하는지도 모르는 채로 중얼거렸다.

"신기해."

"뭐가?"

"예전에는…… 모닥불 앞에서 이렇게 졸고 있으면 옛날 생각을 했는데."

무슨 생각을 하는지 잠시 말이 없던 백건은 자그마한 불꽃을 빤히 바라보기만 하다가 넌지시 물었다.

"그때가 그리워?"

기주는 조용히 읊조리듯 말했다.

"이제는 잘 생각이 안 나. 네가 더 익숙한 걸까."

백건처럼 멀거니 모닥불을 쳐다보며 기주는 혼잣말하듯 덧붙였다.

"그런 것 같아."

진심이었다. 이제 기주는 백건이 더 익숙했다. 항복하는 심정으로 그 사실을 인정했다.

이유가 있어야 한다. 탈영하고 도망친 내가 살아남은 이유가. 언젠가 백건이 수도 없이 되뇌었던 그 말들은 요즘도 틈틈이 백건 자신의 목소리로 그를 찾아왔다. 그 질문으로부터 벗어나고 싶다고 생각했을 때 백건은 도리어 그 질문의 답을 짐작할 수 있었다. 그 답은 백건 자신이 아니라 기주에게 있었다. 온 신경을 집중해 그를 지켜보며 백건은 기주에 대해 많은 것들을 찬찬히 알게 되었다. 어느 순간부터는 기주 본인보다 자신이 기주에 대해 더 잘 알게 된 것 같았다.

군인의 태. 백건은 자신이 그 덕분에 기주에게 구출되었다는 것을 깨달았다. 완벽한 군인에 대한 열망. 기주의 마음을 헤아리다 보면 저절로 실소가 흘러나왔다.

그것이 내가 나를 버린 이유인데. 군인이기 때문에. 그것이 시작이었다. 뼛속까지 철저한 군인이기 때문에 백건은 이를 악물고 고향을, 대륙군을, 본인을 버렸다. 하지만 정확히 그 이유로 기주는 백건의 목숨을 살렸다.

"춥지 않아?"

차가운 지하실 바닥에 피범벅이 되어 널브러져 있던 백건에게 기주가 물었다. 백건은 그제야 자신이 춥다는 걸 알았다. 살아 있다는 걸 알았다. 그 하나의 질문이 백건을 살게 했다. 이따금 초소에 올라서서 지평선을 내다보는 기주를 망연히 바라볼 때면 백건은 쓴웃음을 삼킬 수 없었다. 네가 나를 구원한 이유가 내가 나를 버린 이유이고, 네가 동경하고 시기하는 내 모습을 나는 온 힘을 다해 증오하고. 그런데 너는 군인이 영영 될 수 없지. 확실히 너는 그런 사람이 아니지.

백건과 달리 기주는 도망치지 않았다. 이제 군인조차 반도와 사람들을 구할 수 없다는 것을, 싸워서 이길 수 없다는 것을 이미 알면서도 기주는 도망치지 않았다. 앞으로도 기주는 도망치지 않을 것이다. 이제 백건은 기주가 품은 낙원을 알 것 같았다. 기주는 아무도 죽지 않는 세상을 원한다. 불가능하다면 자기 목숨을 걸어서라도 다른 사람들을 지켜 낼 것이다. 그런 기주에게 백건은 말해 주고 싶었다. 살리고 싶다는 마음으로는 전쟁을 할 수 없어. 싸워서 이길 수 없어. 백건은 기주가 안쓰러웠다. 기주가 스스로 헛되이 짓누르는 압박감에서 조금이나마 벗어날 수 있기를 바랐다. 그러나 군인으로서 다른 사람들의 목숨을 책임지고 있는 한 기주는 결코 포기하지 못할 것이었다. 무의미한 희망에 매달릴 것이었다.

따라서 백건은 다른 말을 해 주고 싶었다.

차라리 도망쳐. 나는 네가 살았으면 좋겠어, 기주야.

대장이 그토록 원했던 얼음벽은 어느덧 완공을 코앞에 두고 있었다. 대장은 이 방어벽을 자랑스러워했다. 기주는 그런 대장이 영 마음에 들지 않는 기색이었다. 머릿속이 복잡한 날이면 기주는 한밤중에 초소에 갔다. 백건은 은근슬쩍 따라가 기주가 어느 정도 생각을 정리한 뒤 자신을 돌아볼 때까지 기다리곤 했다. 그날 밤에도 기주는 한참 만에 고개를 돌려 백건을 확인하고는 얼굴을 찡그렸다.

"또 따라왔냐."

백건은 싱긋 웃으며 손을 뻗었다.

"이리 와."

기주는 못 이기는 척 초소에서 내려왔다. 기주가 사뿐히 눈밭에 뛰어내리자 사각, 두껍게 쌓인 눈이 부스러지는 소리와 함께 기주의 발이 눈에 파묻혔다. 기주는 차근차근 걸음을 떼어 백건에게 다가왔고 백건은 잠자코 기다렸다. 기주가 바로 앞에 선 순간이었다.

고막에 꽂히는 사이렌 소리.

뒤이어 먼 허공에서 붉은 연기가 피어올랐다. 제3군에서 쏘아 올린 신호탄이었다. 붉은 연기는 긴급 상황을 뜻했다. 백건과 기주는 동시에 시선을 돌려 기지를 돌아보고는 곧장 뜀박질을 시작했다. 숨겨진 쪽문으로 기지에 들어섰을 즈음 다른 병사들도 무장을 하고 하나둘 막사 밖으로 뛰쳐나오는 중이었다. 백건이 무장하는 동안 기주는 상황실로 달려갔다. 그곳에는 이미 대장과 다른 간부들이 도착해 있었다. 그들은 차갑게 굳은 기류 속에서 신속히 대책 회의를 진행했다. 그들 모두가 같은 생각을 하고 있다는 것을 짐작할 수 있었다. 다가올 일이 끝내 다가오고야 말았다는 생각.

대륙군의 침략이었다.

다치지 말자. 백건은 담에 붙어 서서 총을 장전하며 기주가 속삭인 말을 떠올렸다. 백건이 최전방으로 떠나기 전 기주가 남긴 단 한마디 말이었다. 기주가 제1군 기지에서 작전을 세우고 전투를 준비할 동안 백건은 자원한 병사들을 이끌고 최전선으로 나왔다. 대륙군이 더 다가오지 못하도록 싸우며 버텨야 했다. 자신이 대륙군을 완전히 등졌다는 사실을 다시 한번 입증해야 했다.

백건이 도착했을 때 제3군 병사들은 두 개의 담 중 안쪽에 숨어 원거리 사격을 퍼붓고 있었다. 대륙군은 뜻밖에도 맞공격을 최소한으로 하며 찬찬히 물러갔다. 그렇다면 오늘의 침공은 탐색전인가. 대륙군의 계획을 알아내려면 지금 쳐들어온 대륙군 중 한 명이라도 생포해 심문해야 했다. 백건은 병사들 무리에서 떨어져 나와 혼자 안쪽 담을 넘어 바깥쪽 담으로 향했다. 몸을 숨긴 채 엿보니 검은 전투복을 입고 샷건으로 무장한 네 명의 대륙군이 보였다.

백건은 훈련대로 사각지대에 숨어 총을 쐈고 순식간에 세 명이 쓰러졌다. 제대로 대응하지 못하고 황급히 도주하는 남은 한 명을 쫓아 권총만 들고 날렵하게 바깥쪽 담을 뛰어넘었다. 또 한 번의 저격을 위해 백건이 재빨리 몸을 낮추었을 때 도망치던 군인이 뒤를 돌며 총을 쏘았다. 서너 번 더 총성이 울렸다. 몸을 숨겨 간신히 피한 백건이 다시 나왔을 때 둘은 침착하게 총을 고쳐 쥐고 서로를 겨누고 있었다.

　상대는 검은 전투복 차림에 복면으로 하관을 가리고 오른팔에는 파란색 완장을 차고 있었다. 백건이 그것을 몰라볼 수는 없었다. 대륙군 소속이던 시절 전투에 투입될 때마다 차던 완장이었다. 즉 상대는 백건이 있던 부대 소속이었다. 백건은 복면 위로 드러난 그의 눈가를 살펴보았다. 의아하게도 또래의 남자였다. 백건의 부대는 어릴 적부터 같은 시설에서 훈련받은 사람 중에서 소수만 남는 곳이었다. 그곳에 속한 사람이 백건에게 초면이라니 확실히 이상한 일이었다. 백건이 떠난 뒤 3년 만에 누군가가 혜성처럼 나타난 것이 아니고서야 말이 되지 않았다. 본래는 대륙군 소속이 아니었던 자. 대륙군 상부에 자신이 완전히 대륙군의 일원이 되었음을 증명해야 하는 사람. 그래서 이렇듯 소모적이고 위험한 작전에 투입된 사람. 한마디로, 백건과 같은 사람. 방아쇠에 손가락을 걸고 대치하던 중 백건이 먼저 무거운 정적을 깨뜨렸다.

"태하?"

기주에게서 수도 없이 들었던 이름. 대륙군의 동태를 살피기 위해 북쪽으로 향했다가 실종된 반도군. 기주에게는 굳이 말하지 않았지만 백건은 이런 상황을 상상했었다. 대륙의 남부를 담당하는 부대에, 그러니까 자신의 부대에 태하가 회유되어 발을 들이는 상상. 태하가 죽지 않았다면 대륙군 소속이 되었을 가능성이 크다는 것을 백건은 차마 기주에게 말하지 못했다.

백건의 추측은 곧 확신으로 굳어졌다. 상대는 눈에 띄게 경직되었다. 그런 와중에도 흔들림 없이 백건의 미간을 겨누고 있었다. 백건의 총구 역시 정확히 그의 미간을 향했다. 둘 중 누구도 선뜻 방아쇠를 당길 수 없는 상황이었다. 평생 대륙의 군인이었던 백건은 반도군으로서, 그리고 평생 반도의 사람이었던 태하는 대륙군으로서 서로를 겨누고 서 있었다.

예기치 못한 총성이 울렸다. 또 다른 대륙군이 접근해 총을 쏜 줄만 알았는데 뜻밖에도 백건은 다친 곳 없이 멀쩡했다. 어깨에서 피가 터져 나온 쪽은 태하였다. 태하의 샷건이 눈밭에 떨어지자 백건은 그 틈을 놓치지 않고 재빨리 달려가 샷건을 걷어차고 태하의 이마에 총구를 댔다. 태하는 천천히 시선을 올려 백건을 응시했고, 백건은 총을 쏜 사람을 찾아 돌아보았다. 담에 올라서 있다가 사뿐히 뛰어내려 눈밭에 발을 디딘 사람은 제1군에서 대기하고 있어야 할 기주였다.

대륙군을 향해 총을 겨누고 침착하게 다가서던 기주는 우뚝 멈추었다. 태하와 눈이 마주친 순간 기주는 숨조차 쉬지 못했다. 입가에서 번지던 입김이 뚝 멎었으므로 기주의 호흡은 백건에게 들통나지 않을 수 없었다. 이내 기주는 찬찬히 큰 숨을 몰아쉬었다. 새까만 허공이 부연 입김으로 물들었다.

3

 세상은 지구의 온도와 무관하게 점점 망해 갈 것이다. 얼마 남지 않은 인류가 지금처럼 분열되어 싸운다면 앞으로 할 수 있는 일은 더더욱 없다. 인류의 멸종을 막을 수 없다. 이대로 무력하게 사라지고야 말 것인가.
 굴복하고 싶지 않았다. 태하는 마침내 정답을 찾은 기분이었다. 대륙에는 미래가 있다. 반도에는 없는 거대한 영토와 노동력, 체계적인 시스템, 잠재력이 그곳에는 있다. 태하가 대륙군에 합류하기로 마음먹은 것은 결코 목숨을 건지기 위해서가 아니었다. 그것은 태하가 생전 처음 오직 본인의 의지만으로 내린 결정이었다.
 한때 태하는 그저 모든 것이 처음처럼 보존되기를 원했다.

고향이, 친구들이 안전하고 영원하기만을 바랐다. 모든 것을 자신이 알고 있는 모습 그대로 유지하기 위해 태하는 늘 화린과 기주 사이에서 중심을 잡으며 둘을 지켜 냈다. 보존, 유지, 보호……. 이러한 목표를 위해 지금껏 내디뎌 온 수많은 걸음이 어쩌면 애당초 방향부터 틀렸을지 모른다는 생각이 들었다. 태하는 대륙에 와서야 그 사실을 깨달았다.

태하가 처음 본 대륙은 그를 붙잡아 심문하고 회유한 군인들이었다. 대륙의 남쪽 최전방을 담당하는 특수부대인 그들은 반도의 언어를 썼다. 그들과 태하가 마치 한 뿌리라는 듯이. 그들은 대륙의 영토는 상상할 수조차 없이 넓으며 북쪽으로 향할수록 더 풍족한 세상이 펼쳐진다고 했다. 그곳에는 반도의 온실 마을보다 더욱 거대한 생산 지대가 존재하고, 수많은 사람이 제 집을 갖고 안정적으로 살아가며, 다 함께 더 좋은 사회를 꿈꾼다고 했다. 그곳의 사람들은 전쟁 따위는 전혀 모른다고 했다. 태하는 말만 들어도 꼭 북부를 이미 보고 온 듯한 기분이었다. 평화롭고 안전한 북부의 삶. 살아 본 적 없지만 그것이 진정한 사람다운 삶인 건 알았다. 지구가 멸망을 향해 맹렬히 돌진하고 있는 지금, 우리는 뿔뿔이 흩어져 서로 싸울 때가 아니다. 모든 인간이 힘을 합쳐 멸망에 대항해야 한다.

그런데 지금 너희는 대체 무엇을 하고 있지?

대륙군은 물었다. 너희는 다 같이 살아남기 위해, 인류의 미래를 위해 대체 무엇을 하고 있지? 무엇을 했지? 그렇듯 협소한 시야와 빈약한 시스템으로 이제부터 무엇을 할 수 있지? 너희가 그토록 치열하게 이어 온 이 싸움이 무슨 의미란 말인가? 싸움의 무용함을 깨닫고 대륙에 편입되는 것이 도대체 무엇이 문제란 말인가? 태하는 대답할 수 없었기에 반도군을 배반했다. 이것이 정답이며, 생애 처음으로 자신이 직접 내린 결정이라고, 또한 친구들을 구원할 방법이라고 끊임없이 되뇌면서.

심문자들은 태하에게 대륙군 간부가 내민 협상안을 제시했다. 반도군의 중령 기주만큼은 전쟁에서도 죽이지 않고 대륙군으로 데려오게 해 주겠다고. 전쟁과 무관한 한강 구역과 온실 마을의 민간인들을 해칠 일도 없을 것이라고. 태하는 기주와 함께 대륙군의 정교한 시스템과 원대한 목표를 보고 싶었다. 기주와 화린 모두 전쟁 따위 모르는 북부에서 살게 해 주고 싶었다. 그럴 수 있으리라고 믿었다.

*

제3군 병사들이 도착했을 무렵 태하는 이미 도주한 뒤였다. 태하가 떠난 설원에 핏자국이 점점이 배어 있었다. 어깨에 총상을 입고 무기를 놓친 태하를 붙잡거나 사살할 수도 있었지만 기주는 물론이고 백건도 차마 나서지 못했다. 기주는 발치에 선명히 남은 핏자국을 멀거니 바라보았다. 조심스럽게 다가온 백건이 기주의 어깨에 손을 짚었다. 백건이 어깨를 툭툭 쓰다듬고 나서야 기주는 자신이 몸을 떨고 있다는 것을 알았다. 기주는 그 손길을 뿌리치지 않고 가만히 내버려둔 채 중얼거렸다.

"해가 뜨네…… 오늘도."

"그러게."

"하루가 또 온 거지."

"응."

"너무한다."

"항상 그렇지."

"항상 그런가."

"거의 항상, 그렇지."

기주는 숨을 느릿하게 몰아쉬었다. 아침 햇빛 아래 번지는 입김이 선명했다. 기주는 백건에게도 마음을 들키고 싶지 않아서 발길을 휙 돌려 상황실로 향했다.

제1군 상황실에는 대장을 비롯한 간부진에 더해 제2군과 제3군 간부진이 모여 있었다. 얼굴에는 하나같이 공포와 긴장감이, 일단은 방어에 성공한 데 대한 안도감이 어려 있었다.

그러나 이번 침략은 시작에 불과하며 대륙군이 곧 다시 공격해 올 것이라는 사실을 모두가 알았다. 대책을 세워야 했으나 누구 하나 그럴듯한 의견을 제시하지 못했다. 기주는 가만히 자리에 앉아 이를 악물고만 있었다. 저들은 아직 모른다. 대륙군이 이미 반도군의 중요한 정보를 충분히 확보하고 있다는 사실을. 기지의 내부 구조와 병력까지 모조리 들킨 상태일 것이라고 말하기 위해서는 대륙군에 태하가 있다고 이야기를 꺼내야만 했다. 그러나 차마 입을 열 수 없었다. 그렇게 기주는 아무런 말도 하지 못하고 상황실을 터덜터덜 나왔다.

어느덧 한낮이었다. 여느 때와는 다른 서늘한 긴장감이 감돌았으나 평소와 똑같은 풍경이었다. 대륙군이 금방 물러간 덕분에 직접적인 전투는 피했고, 다행히 사상자가 거의 발생하지 않았다. 그러나 태하는? 피로 질척해진 어깨를 부여잡고 도망치던 태하의 뒷모습이 떠올랐다. 총알이 스쳤다 해도 출혈이 심한 상태로 낙오되었다면, 금방 목숨이 위험해질 터였다. 가슴이 선득해진 기주는 무작정 걸음을 옮겼다. 그런 기주를 백건이 막아섰다. 그는 창백하게 질린 기주의 얼굴을 보며 차분히 말했다.

"추워 보여. 일단 들어가자."

백건은 따뜻하게 데운 우유를 머그잔에 담아 기주의 손에 쥐여 주었다. 기주는 선선히 머그잔을 받아 들었지만 마시지는 못했다.

"너무 뜨거워?"

백건의 말에 기주는 대답하지 않았다. 백건은 조용히 옆에 앉아 있다가 한참 만에 입을 열었다.

"군에 알려야 하는 거 알지?"

기주는 말없이 이를 세게 악물었다. 백건은 손을 뻗어 기주가 들고 있는 머그잔 표면에 손등을 살포시 대어 보았다. 이제 좀 식었네 하며 백건이 어렴풋이 웃었다. 어서 마시고 기운을 차리라는 뜻이었겠지만 기주는 그러지 못했다. 머그잔을 들고 우뚝 멈춘 채로 웅얼거렸다.

"태하가 우리를 버렸을 리가 없어."

"너를 버린 건 아닐 거야."

"대륙군에 갔다면 우리를 버린 거잖아."

"그 사람이 버린 건 반도군이지. 네가 아니라."

"그게 나를 버린 거야."

"그렇게 생각하면 안 돼."

"왜?"

"너는 군인이지만 군인이기만 한 건 아니니까."

백건에게서 들을 줄은 몰랐던 말이었다. 기주는 그 말을 속으로 곱씹었다.

"그냥 너답게 살아, 기주야."

그저 가볍고 담백한 투로 백건은 말했다. 매일의 일상적인 인사를 건네듯이.

"이제 다 식었다. 얼른 마셔."

마치 평소에도 군인이 아닌 삶을 살아온 기주를 보았다는 듯이.

*

유안은 오랜만에 온실 마을에서 밤을 보냈다. 온실 마을에서는 밤에도 온실의 옅은 빛과 기계장치의 미세한 소음이 끊이지 않았다. 설원의 추위와 강한 바람 소리보다 그 빛과 소음이 더욱 신경을 건드렸다. 유안은 잠을 이루지 못하는 김에 개를 돌보러 나가 볼까 생각했다.

그 순간 요란하게 사이렌이 울렸다. 집합 명령이었다. 허겁지겁 밖으로 나온 뒤에야 상황을 파악할 수 있었다.

마을 사람들이 모이자 이장이 소식을 전했다. 며칠 전 압록강에서 대륙군의 침략이 있었다. 압록강 기지와 한강 구역 사이에 위치한 초소에서 붉은 연기를 피워 올려 그 소식을 알렸고, 그것을 본 온실 마을의 정보꾼이 급히 돌아와 이장에게 전달했다. 겪어 본 적 없던 공포스러운 기류가 온실 마을을 뒤덮었다. 침략이 있었다는 것도 이미 며칠이 지난 소식이니 지금 압록강의 상황이 어떨지 온실 마을에서는 도저히 가늠할 수 없었다. 유안은 우왕좌왕하는 사람들을 헤치고 이장에게 다가갔다.

"제가 한강에 가서 상황을 볼게요."

이장은 놀란 표정을 짓더니 걱정스러운 얼굴로 유안의 어깨를 두드렸다.

"정말 그래 주겠니?"

즉시 나설 채비를 하는 유안은 화린을 떠올리고 있었다. 화린이라면 기주를 보기 위해 무작정 압록강으로 떠나려 들지도 몰랐다. 화린을 전쟁터에 홀로 보낼 수는 없었다.

*

10년 만에 처음 당하는 직접적인 공격이라고 했다. 화린이 그 소식을 들은 것은 새벽에 갑작스레 숨이 멎은 개를 묘지에 묻고 돌아왔을 때였다. 초소에서 붉은 연기가 오르고 얼마 안 있어 안전해졌다는 뜻의 녹색 연기가 다시 피어올랐다고, 그러니 군인들은 무사할 것이라고 구역장이 말했지만 화린은 마음을 놓을 수 없었다. 서둘러 압록강으로 떠날 준비를 하다가 곧 유안이 올 것이라는 생각이 들었다. 유안이 걱정할 테니 일단 만난 뒤에 출발하기로 계획을 고쳤다.

하필이면 그 직후 폭설이었다. 머릿속이 복잡해서 화린은 눈을 고스란히 맞으며 대문 앞을 배회했다. 화린은 머리칼이 헝클어지는 줄도 모르고 느릿느릿 눈송이를 털어 냈다. 끊임없이 퍼지는 입김과 눈발이 시야를 가렸다. 춥다는 생각을 오랜만에 해 보았다. 붉게 언 손을 뻗어 기계적으로 머리칼을 쓸어내리다가 모자도 쓰지 않고 장갑도 끼지 않았다는 사실을 뒤늦게 알아차렸다. 외투 주머니를 뒤적이던 화린은 흠칫하며 뒤를 돌아보았다.

"왜 그러고 있어?"

화린의 뒤에 그 아이가 서 있었다. 아이를 다시 만나자 단박에 알아볼 수 있었다. 차츰 바람이 거세어지며 굵은 눈송이가 이리저리 마구 흩날렸다. 아이가 눈보라에 휩쓸려 다칠지도 모른다고 생각한 뒤에야 화린은 자신이 위험한 날 무방비하게 바깥에 나와 있었다는 것을 알았다. 이 정도면 건물에서 누군가 나와서 주의를 주었을 법도 한데 하고 의아해하던 것도 잠시 화린은 등골이 오싹해졌다. 자각하지 못한 사이 정처 없이 걸음을 옮겨 구역에서 멀어지고 있었다. 조금이라도 늦게 정신을 차렸다면 고립되었을지도 몰랐다. 화린은 눈을 가늘게 뜨고 흐릿한 시야 속에서 아이를 살펴보려 애썼다.

"괜찮아? 넌 왜 여기 있어?"

아이는 눈보라 속에서 아무 말 없이 화린을 바라보았다. 인간이 아닐지도 모른다는 생각을 하면서도 화린은 아이가 걱정스러웠다. 당장이라도 매서운 바람에 휩쓸려 넘어질 것만 같아서 초조했다.

"여기는 너무 위험해. 일단 안전한 데로 가자."

화린은 힘겹게 아이를 향해 손을 뻗었지만 아이는 그 손을 멀뚱히 바라볼 뿐이었다. 여기는 위험해, 하고 화린이 재차 말하자 아이는 도리어 화린에게서 뒤돌아서더니 어딘가로 거침없이 걸어갔다. 화린은 엉겁결에 아이를 따라 움직였다. 눈보라가 점점 더 거세졌다. 화린은 이러다 아이를 놓칠 수도 있겠다는 위기감에 걸음을 재촉했지만, 아이는 더 빠른 속도로 멀어져 갔다. 화린은 아이를 뒤쫓으며 어쩐지 아이가 자신을 어딘가로 이끌고 있다고 느꼈고, 그곳은 안전할 거라는 직감이 들었다. 그렇다면 이 아이는 어째서 나를 도와주고 있을까.

화린이 우뚝 멈추어 섰을 때 눈에 익은 풍경이 펼쳐졌다. 한강 구역의 담과 대문이 어느새 코앞에 있었다. 화린은 자신을 발견하고 달려오는 구역장을 얼떨떨하게 쳐다보았다. 대체 어디 갔었느냐고, 이 폭설에 다시는 돌아오지 못할 줄 알았다고 타박하는 구역장이 진심으로 걱정하는 듯 보였지만 와닿지 않았다. 화린은 자신을 이곳으로 이끈 정체 모를 아이와 시신을 찾아 달라는 아이의 요청을 떠올렸다. 주위를 둘러보았지만 역시 아이는 없었다. 기억 속 아이의 모습 또한 빠르게 지워졌다. 자신과 함께 있었던 아이의 형상을 전혀 알 수 없었다. 아이에 대해 더 생각해 보고 싶었는데 아이가 기억나지 않으니 난감했다. 시신을 찾아 달라는 것은, 자신의 생전 모습을 보아 달라고 말하는 것은, 자신을 기억해 달라는 뜻일 텐데.

구역장은 화린을 건물 안으로 데려갔다. 혹독한 추위에 장갑을 끼지 않은 화린의 손은 동상을 입어 얼어붙어 있었다. 구역장은 따뜻한 물을 바가지에 담아 손수 화린의 방으로 가져다주었고, 화린은 구역장이 시키는 대로 잠자코 물에 손을 넣어 응급처치를 했다.

"넌 우리 한강 구역에서 아주 중요한 사람이잖니. 네 역할을 늘 기억해야 해."

찰나에 화린은 나는 그런 것을 원한 적이 없다고 말하는 상상을 했다. 나는 당신이 기대하는 모습을 갖춘 사람도 아니고 굳이 갖추고 싶은 마음도 없다고 솔직하게 말하는 상상. 하지만 용기가 나지 않았다.

적어도 30분 이상 온수에 손을 담그고 있어야 했다. 그동안 구역장은 꼼짝도 못 하고 앉아 있는 화린에게 반도군의 상황을 알려 주었다. 대륙군이 다시 습격해 올지도 모르니 다들 긴장 상태를 유지하며 기지를 지키고 있다고 했다. 화린이 물자를 보태어 줄 겸 압록강에 가 보겠다고 말하자 구역장은 단호하게 말했다.

"이제 짐꾼 일은 그만둬."

"······짐꾼 일을 그만두라고요?"

화린은 자리에서 벌떡 일어났다. 손을 담그고 있던 물이 엎질러졌다. 그것만큼은 포기할 수 없다고 말하기도 전에 구역장은 차분히 화린의 어깨를 짚고 도로 앉혔다. 구역장의 손에 잔뜩 힘이 실려 있어서 어깨가 얼얼했다.

"네가 위험해지는 건 절대 안 된다고 여러 번 말했잖니."

구역장은 자상한 미소를 지었다.

"또 위험한 일이 생긴다면 네게 경찰을 붙여 호위하게 하는 수밖에 없어."

화린은 전에 없이 날카로운 눈빛으로 이장을 바라보았다. 이장은 도리어 흡족한 기색이었다.

"그래. 책임감 있는 모습이 너답고 참 보기 좋구나. 하지만 이제부터는 우선순위를 배우도록 하자. 일단은 방에 가서 쉬고."

당장이라도 경찰들을 화린에게 붙일 기세여서 화린은 곧장 자리를 떠나 방으로 돌아갔다. 어서 빨리 유안이 와 주었으면 싶었다. 유안과 함께라면 대책을 강구해 볼 수 있을 것 같았다.

공습 이후 일주일이 지나도록 다른 소식이 들려오지 않았다. 초소에서 붉은 연기가 피어오르지도, 정보꾼이 전쟁 발발 소식을 전하지도 않았다. 아직 별일이 없는 걸까.

그 무렵 유안이 한강 구역에 도착했다. 공습이 있었다는 소식을 듣고 곧장 출발했다고, 그렇게 말하고 유안은 잠시 웃었다.

"많이 걱정했는데, 무사해서 다행이에요."

그러고는 화린의 표정을 살피며 넌지시 물었다.

"압록강에 같이 가 볼까요?"

화린은 고개를 끄덕였다. 둘은 신속하게 압록강으로 출발할 준비를 마쳤다. 화린을 붙들 구역장의 눈을 피해 밤에 몰래 떠날 작정이었다.

두 번째 붉은 연기를 발견한 때는 둘의 썰매가 출발하기 직전이었다.

긴급 상황을 알리는 붉은 연기가 하늘을 자욱이 뒤덮었다. 압록강에서 정확히 무슨 일이 벌어졌는지 몰라도 전쟁이라는 것은 쉽게 짐작할 수 있었다. 화린과 유안은 한동안 그 자리에 멈추어 서서 망연히 붉은 하늘을 올려다보았다. 아마 한강 구역의 모든 사람이 그랬을 것이다.

*

 10년 전 공습 때도 이런 모습이었을까. 그 의문에 얼마 안 가 확답을 내릴 수 있었다. 지금 압록강에는 10년 전과 차원이 다른 맹공이 쏟아지고 있다. 반도군은 그때와 거의 달라지지 않은 반면 대륙군은 엄청나게 발전한 병력과 장비를 갖추었다. 마치 지난 10년간 전쟁만 혹독히 치른 것처럼. 이제와 무의미한 추측이었다. 당장 눈앞에서 빗발치는 총알, 끊임없이 들려오는 총성과 폭파음, 하늘에서 시뻘겋게 번쩍이는 조명탄, 줄지어 침투해 오는 탱크들만이 의미 있었다.

 두 번째 기습이 시작된 당시 제1군 기지 내부에서는 한창 다툼이 고조되고 있었다. 기주를 대신해 백건이 나선 탓이었다. 과거 백건이 속했던 부대가 직접 움직이는 것으로 보아, 반도군이 이대로 압록강에서 버티다가 큰 인명 피해를 입을 수도 있다고, 그러니 최대한 남쪽으로 피하고 참호를 마련해 대응하는 것이 옳다고 간부진들에게 직접 주장했다. 대장을 포함해 간부진들은 극단에 몰린 탓에 이성을 잃은 것처럼 보였다. 백건이 불필요하게 군 내부에 불안감을 조장하고 반도군을 얕본다며 불같이 화를 냈다. 설사 백건의 말이 진실이라고 해도 미리부터 겁먹고 도망치는 굴욕적인 짓만큼은 할 수 없다고도 했다.

기주는 싸움을 관망하고만 있었다. 백건을 돕기 위해, 그리고 반도군을 위해 자신이 직접 말해야 한다는 것을 알았다. 반도군 내부를 누구보다 잘 아는 태하가 이제 대륙군이라는 사실을. 조금만 더 시간이 허락되었다면 기주는 마음을 굳게 먹고 말할 수 있었을지도 몰랐다. 하지만 대륙군의 두 번째 공습은 생각보다 빨리 찾아왔다. 사이렌이 시끄럽게 울렸다. 이내 그보다 훨씬 어마어마한 굉음이 이어졌다.

새로 지은 드높은 얼음벽은 무력했다. 철조망과 단단한 벽돌담, 또 다른 오래된 얼음벽까지 전부 대륙군의 폭탄에 금세 무너졌다. 대륙군은 담 아래에 폭탄을 설치해 한꺼번에 터뜨리며 신속하게 모든 벽을 허물고 접근했다. 지금 10년 전처럼 기지를 빼앗긴다면 다시는 되찾지 못할 것이다. 모두가 그야말로 목숨을 내놓아야 했다. 희망이 없더라도. 기주는 묵묵히 싸울 준비를 했다. 제3군과 제2군 기지가 차례로 함락되고 대륙군이 빠른 속도로 가까워지는 동안 전투복을 입고 갖출 수 있는 모든 무기로 무장했다. 백건이 그런 기주를 가로막았다.

"도망치자."

기주는 순간 대꾸조차 하지 못했다. 백건은 기주의 당혹스러운 얼굴을 똑바로 마주 보며 차분히 설득했다.

"지금은 희망이 없어. 장담할 수 있어. 이대로 대륙군과 맞붙으면 틀림없이 전멸이야. 그리고 무엇보다……."

백건이 차분히 숨을 골랐다.

"살고 싶잖아, 기주야."

그 말에 곧 기주는 허물어지듯 몸의 힘이 빠져나가는 것을 느꼈다. 이제는 참 지친다는 생각, 전부 그만두고 싶다는 생각이 뒤따랐다. 마치 기주의 속마음을 읽은 것처럼 백건은 말했다.

"나는 네가 꼭 살았으면 좋겠어."

기주는 망연히 백건을 바라보다 고개를 끄덕였다.

제3군과 제2군 기지는 차례대로 완전히 짓밟혔고, 제1군 기지를 둘러싸고 있던 마지막 담이 허물어졌다. 그때 기주와 백건은 이미 개 썰매를 타고 쪽문을 통해 기지를 탈출한 뒤였다. 기주는 총격전이 벌어지는 기지를 애서 돌아보지 않고 나아갔다. 쉴 새 없이 울리는 총성, 포탄이 허공을 가르고 날아가는 소리, 크고 작은 폭발음, 무기의 소음에 묻혀 사람들의 비명은 들리지 않았다. 기주는 백건의 손을 꽉 잡았다. 전쟁터의 소음도 서서히 멀어졌다. 기주가 몰아쉬는 가쁜 숨은 입김으로 고스란히 드러났다. 태하도 저기에 있을까. 총상이 아직 낫지 않아서 오늘 작전에는 빠졌을까. 그 순간 기주가 가장 절박하게 걱정한 것은 기지와 전우들의 안전도, 자신과 백건도 아닌 태하의 목숨이었다. 기주는 애초부터 자신에게 군인의 자질이란 존재하지 않았을지도 모른다는 생각을 했다.

둘의 개 썰매는 한 번도 가지 않은 길로 나아갔다. 길이라고 할 수 없는 길이었다. 지난 여러 전쟁의 흔적이 남은 위험 지역. 그러나 정해진 길로 간다면 추격당하는 것은 시간 문제였다. 매립된 지뢰를 밟아 터뜨려 온몸이 부서져 죽을 수도 있었다. 매 순간 죽을 각오로 내달리는 수밖에 없었다. 오직 남쪽으로 향했다. 기지로부터 꽤 멀어졌다. 오랫동안 사람들이 발을 들이지 않은, 어디에도 소속되지 않은 버려진 땅을 달렸다.

몇 시간을 쉼 없이 달려온 데다 긴장이 풀리니 몸에 힘이 잘 들어가지 않았다. 기주는 내색하지 않고 천막을 쳤다. 백건은 금방 모닥불을 피우고는 기주에게 육포와 물통을 들려주었다. 기주는 입맛이 없었지만 억지로 육포를 씹고 물을 마셨다. 백건은 기주를 곁눈질로 살펴보며 비슷한 속도로 먹고 마셨다. 자신이 뭘 먹는지도 자각하지 못한 채 무의식적으로 씹는 것 같았던 기주가 제 몫의 물을 조금 남겨 백건에게 주었다.

어둠이 엷어지며 아침이 집요하게 밝아 왔다. 하루가 또 왔다, 너무한다, 항상 그렇지. 그런 말을 주고받았던 둘은 조용히 하늘을 올려다보았다. 기주는 이 상황에서 마땅히 곱씹어야 할 여러 생각이 지겨워서 차라리 머릿속을 텅 비워 내기를 택했다. 기주가 무심코 뱉은 말은 태하에 대한 이야기도 전우들에 대한 이야기도 아니었다.

"계속 이렇게 도망쳐야겠지?"

기지가 점령되었다면 대륙군은 중령인 기주를 제거하기 위해, 혹은 생포하기 위해 뒤를 쫓을 것이다. 반도군에게 잡히면 전쟁에서 도망간 죄를 물을 것이었다. 틀림없이 총살이었다. 이제부터 기주는 살아남기 위해 끊임없이 도망쳐야 했다. 절박하게, 굴욕적으로, 군인답지 못하게. 백건은 살며시 기주의 손을 잡으며 대답했다.

"살아남자. 다른 생각은 그 이후에 하고."

기주는 고개를 끄덕였다. 그런 말이 차라리 고마웠다. 그 말을 망설임 없이 해 주는 사람이 다른 누구도 아니고 백건이어서, 다행이었다. 둘은 계속 도망치기로 했다. 살기 위해서.

*

2차 공습 소식에도 화린은 유안의 예상과 달리 침착하게 출발할 준비를 마무리했다. 다만 개들의 하네스 끈을 점검하는 손이 어렴풋이 떨리고 있었다. 같이 가자고, 도와주겠다고 유안이 말했지만 화린은 단호하게 거절했다.

"유안은 온실 마을로 돌아가요."

자신이 압록강으로 갈 테니 온실 마을로 돌아가 짐꾼 일을 계속해 달라고 했다. 전쟁통엔 물자가 가장 중요하니까. 화린은 서둘러 준비를 마치고 계획대로 내일 아침이 밝기 전 출발하겠다고 했다. 유안은 어쩔 수 없이 그 의견에 동의하고는 평소보다 무겁게 느껴지는 썰매를 끌고 온실 마을로 돌아갔다.

화린의 목표는 하나다. 압록강에 가서 기주를 만나 온실로 간다. 수도 없이 오간 길이지만 지도를 펼쳐 놓고 또 한 번 익혔다. 혹시 모를 위기 상황에 대비해 식량과 임시 숙박 장비, 모닥불 재료도 넉넉히 챙겨 썰매에 실었다.

아직 해가 뜨지 않은 새벽에 외투를 겹겹이 껴입고 털모자와 부츠를 착용했다. 이제 썰매에 올라타 출발만 하면 되었다. 화린이 꼼꼼히 짜 둔 계획을 되짚으며 빠르게 방을 나선 순간, 옆 방에서 불쑥 튀어나온 구역장이 화린의 손목을 잡아챘다.

구역장은 자신의 얼굴을 놀라 바라보는 화린의 손목을 더욱 세게 움켜쥐며 귓가에 바짝 다가서서 속삭였다.

"짐꾼 일은 그만두라고 했잖니."

화린은 구역장의 손을 뿌리치려 했지만 소용없었다. 구역장은 자신에게 붙잡힌 채 애를 쓰는 화린을 지그시 바라보았다. 언뜻 보기에는 그동안의 자상한 모습과 다를 바가 없었다. 목소리도 마찬가지였다.

"지금 같은 상황에서 이런 식으로 도망치는 건 사실상 배신이지. 배신자는 어떤 처벌을 받을 것 같니?"

화린은 머리에 얼음물이 확 끼얹어진 것처럼 몸이 떨렸다. 여기서 경찰까지 온다면 끝장이다. 화린은 모든 힘을 끌어내어 구역장의 손을 뿌리치고 썰매와 개들을 향해 무작정 달렸다. 경찰을 불러 모으는 구역장의 외침이 등 뒤를 따라붙었다. 그 소리에 쫓기듯 화린은 헐떡이며 썰매에 올라 서둘러 북쪽으로 향했다.

*

첫 번째 기습은 반도군의 상황을 살피기 위한 전초전일 뿐이었다. 그다지 힘겨운 전투도 아니었던 전초전에서 태하는 부상을 당했다. 총알이 스쳐 찢어진 어깨를 움켜쥐고 대륙군 임시 기지로 돌아온 태하는 의무 막사로 향했다. 그러나 의무병은 일곱 명의 부상자들에게 구급상자 세 개를 던져 준 뒤 아무런 설명도 없이 뒤돌아 막사를 나갔다.

태하는 잠시 멍해졌으나 곧 정신을 다잡았다. 치료 물품이 턱없이 부족했지만 순서를 정하고 서로 배려하면 충분히 다 같이 살아남을 수 있었다. 우선 가장 크게 다친 사람부터 치료하자고 태하가 말했을 때 비교적 가벼운 부상을 입은 다섯 명이 노골적으로 비웃음을 터뜨렸다. 태하는 금방이라도 숨이 멎을 듯 보이는 한 사람과 그는 안중에도 없이 구급상자를 노리는 나머지를 번갈아 보았다. 반도군에서는 있을 수 없는 일이었다. 병사가 적은 반도군은 한 사람 한 사람의 목숨을 소중히 여겼다. 그것이 당연하다고 믿어 왔다. 하지만 대륙군은 반도군에 비할 수 없이 병사가 많았고, 따라서 이 안에서 한 명의 목숨은 전혀 중요하지 않았다.

태하는 다른 병사 다섯 명이 구급상자를 독차지하는 것을 가만히 지켜보았다. 거동조차 힘든 한 사람은 차가운 바닥에 널브러진 채 차차 호흡이 옅어져 갔다. 다른 이들은 태하 몫의 치료 물품을 남겨 두지 않고 모조리 썼다. 그러고는 잠에 곯아떨어졌다. 태하는 막사 구석에 웅크려 앉아 전부 똑똑히 지켜보았다. 지혈을 하지 못해 계속해서 피를 흘리고, 살이 썩어 들어가고, 끔찍한 통증에 신음하며 죽어 가는 그 사람을. 여전히 피가 배어나는 제 어깨를 그러쥐고, 두 눈을 부릅뜨고, 끝까지 보았다.

*

온실 마을에 도착한 유안은 차고에 썰매를 세워 놓고 그 옆 창고를 열어 보았다. 이번에는 개들을 먹이기에 충분한 양의 고기가 쌓여 있었다. 누군가가 잊지 않고 채운 모양이었다. 고마운 마음이 들었지만 유안은 고기를 꺼내지 않고 창고 문을 닫았다. 도축장으로 향했다. 접객실 의자에 앉아 있던 남자가 흘끗 유안을 보더니 몸을 일으켰다.

"양 뒷다리 하나, 닭 세 마리?"

"네, 부탁드릴게요."

"이번에는 일찍 돌아온 것 같다. 아닌가."

"맞아요. 압록강까지 안 가고 한강에만 들렀다 왔어요."

"왜?"

"아…… 모르셨어요? 대륙군이 침입했어요."

유안은 초소에서 붉은 연기가 짙게 피어올랐다고, 상황이 심각한 것 같다고 조심스럽게 알려 주었다. 이렇게나 간단하고 건조한 표현으로 전쟁을 말할 수 있다는 사실에 새삼 놀라며. 남자는 피식 메마른 웃음을 흘렸다.

"사이렌이 울렸던 기억은 나는데……."

"그때 안 나가보셨어요?"

"내가 나가든 말든, 알든 모르든 누가 신경 쓰겠어."

유안이 할 말을 잃은 사이 남자는 큰 소리로 혀를 찼다.

"하여튼 언젠가 또 이런 일이 생길 줄 알았지."

그의 혼잣말에 냉소가 짙게 배어 있었다. 남자는 고개를 절레절레 저으며 돌아섰다. 그가 고기를 썰러 작업실에 들어

가기 전 중얼거리는 소리가 들렸다.

"인간들은 얼어 죽기 직전까지도 싸워 댈 거야."

도축장을 나오며 유안은 남자의 말을 곱씹었다. 사람들은 앞으로 전쟁에 무뎌질까? 무뎌져서 전쟁을 반복하게 될까? 가슴이 선득해졌다.

유안은 썰매를 청소하다 말고 문득 주머니를 뒤적였다. 그 조그만 견과류 혹은 씨앗 한 알은 사라진 뒤였다. 워낙 작고 가벼우니 어딘가에 떨어뜨리고도 알아차리지 못할 만했다. 좌석을 마저 닦고 차고에서 나오던 유안은 이장을 마주쳤다. 이장을 보자 그 견과류 혹은 씨앗이 무엇인지 물어볼 기회를 영영 놓쳤다는 것이 실감이 났다. 이장은 유안에게 다가와 대뜸 물었다.

"한강은 상황이 어떠니?"

유안은 조용히 눈을 껌뻑이다가 중얼거렸다.

"압록강의 상황을 물어보실 줄 알았어요."

"갑자기 무슨 소리야."

"2차 공격이 일어났으니까요. 그 소식을 듣고 바로 돌아왔어요. 압록강 물자 지원에 대해 논의하려고요……."

이장은 차분히 대답했다.

"압록강 물자 지원은 신중하게 할 일이야. 이미 압록강에 일어난 일은 어쩔 수 없고, 이제 우리 마을은 우리 스스로 지켜야 하는 상황이니까. 우리에게는 온실과 발전소가 있어. 대륙군이 여기를 함부로 쓸어버릴 수는 없을 거다. 내가 협상을 준비 중이니 너무 걱정하지 마라."

유안은 말없이 이장을 바라보았다. 이장은 유안이 불안해한다고 생각했는지 유안의 어깨를 토닥였다.

"한반도는 생각보다 넓어."

압록강과 한강을 잇는 길은 하나다. 압록강이 뚫린다면 그다음 습격당할 곳은 한강 구역이다. 즉 압록강과 한강이 완전히 무너지기 전까지 적어도 며칠간 온실은 안전하다. 넓지는 않지만 제법 효율적인 생산 지대를 갖춘 만큼 대륙군이 함부로 공격을 퍼부어 파괴하지는 못할 것이라는 의미였다.

"반도군에게 죄책감 가질 필요는 없다. 반도군은 애초에 우리가 제공하는 음식을 먹고, 한강 구역이 제공하는 무기로 싸우는 사람들이잖아. 우리는 각자 의무를 다하고 있을 뿐이다."

유안은 화린과 기주, 백건을 떠올렸다. 유안에게 한강과 압록강 사람들은 실체가 명확한, 똑같은 인간이었지만 이장에게는 그렇지 않은 것 같았다. 온실 마을의 모든 사람 또한 그럴까. 한강 구역도, 압록강 기지도 마찬가지라면 협력은 순식간에 깨질 것이다.

유안은 숨이 턱 막혔다. 도축장 남자의 말이 현실이 될 거라는 공포가 덮쳐 왔다. 정말로 인간들은 얼어 죽기 직전까지도 전쟁을 멈추지 않을 것 같았다. 막막함에 머릿속이 아득해졌다. 그렇게 되고 싶지 않았다.

4

 이대로 바깥에서 더 버티는 것은 위험했지만 마땅히 갈 곳이 없었다. 기주는 구역장을 설득해 한강 구역에 숨어 있자고 제안했는데 백건은 이런 상황에 구역장을 그렇게까지 신뢰할 수는 없다고 대꾸했다. 그 말에 반박할 수 없어 기주는 잠자코 고개를 끄덕였다. 당분간은 어떻게든 야외에서 견뎌야겠다는 판단이 섰다. 둘은 눈을 깊이 파헤친 다음 바닥에 양모 카펫을 깔고 위에는 천막용 소가죽을 덮어 임시 숙소를 마련했다. 둘이 함께 잠들면 얼어 죽을 위험이 있으니 한 명이 밖에서 모닥불을 지피고 망을 보면 다른 한 명은 안에서 쉬는 방식으로 며칠 밤낮을 더 보냈다.
 땔감은 떨어져 가는데, 언제 위험이 닥쳐올지 몰랐다. 대륙군의 습격뿐 아니라 강설과 눈보라 같은 재해도 포함하는 말이었다. 아군이든 적군이든 나타나면 도망쳐야 했고, 눈보라가 불어오면 함께 임시 숙소에 몸을 욱여넣고 눈보라가 지나갈 때까지 기다려야 했다. 서로 몸을 밀착해 체온을 나누며, 상대가 깜빡 졸면 서둘러 깨우며, 조금만 더 버텨 보자고 속삭이며.

기온이 평소보다 낮은지 체력이 소진되었는지 헷갈렸다. 몸이 무겁고 열이 나는 것 같았지만 기주는 백건에게 내색하지 않고 교대하러 나섰다. 혼자 남아 모닥불을 지키는 동안 바람이 점점 더 매서워지는 듯했다. 온몸을 최대한 가렸는데도 피부가 아릿하고 얼얼했다. 기주는 춥다는 생각, 따뜻해지고 싶다는 생각을 오랜만에 했고, 어느새 아슬아슬하고 포근한 선잠에 빠져들었다. 몽롱한 중에 기주는 짐승의 울음소리를 들었다. 바로 옆 천막에 있는 개들이 아니라, 멀리에서 메아리치며 울려오는 소리였다. 헛것처럼 어렴풋한 하울링. 익숙한 듯하면서 너무나 낯설었다. 기주는 번뜩 눈을 떴다. 정신을 차려 보니 백건이 어깨를 움켜쥐고 세차게 흔들고 있었다.

"깼어?"

기주는 저릿한 어깨를 주무르며 고개를 끄덕였다. 백건은 겨우 마음을 놓은 듯 한숨을 푹 몰아쉬며 옆에 주저앉았다. 백건의 입가에서 불규칙적으로 짙은 입김이 퍼졌다. 기주는 멋쩍은 표정으로 자세를 고쳐 똑바로 앉으며 백건을 흘끗 곁눈질했다.

"많이 놀랐어?"

"놀랐지."

"걱정했나 보네."

"걱정했지."

"네가 나를 못 믿어서 그런가."

"못 믿는 거랑 걱정하는 게 같아?"

"비슷하지 않나. 완전히 믿지 못하니까 걱정되는 거 아니야?"

"아니지. 달라."

"달라?"

"응. 믿어도 걱정돼."

모닥불의 오렌지빛 그늘이 드리워진 백건의 옆얼굴을 바라보며 기주는 최대한 빨리 방법을 찾아 안전한 실내로 들어가야겠다는 생각을 했다. 백건은 구역장을 신뢰할 수 없다고 했지만 지금으로서는 한강 구역에 의탁하는 것이 최선이었다. 다시 다른 곳으로 옮겨 가는 한이 있더라도.

또 다른 아침이 밝아 오던 무렵 기주가 다시 한번 한강 구역의 이야기를 꺼내자 백건은 눈살을 찌푸렸다. 구역장이 대가 없이 호의를 베풀 리는 없고 어떤 일을 꾸밀지 모른다고 백건이 차근차근 이어 가는 말을 기주가 뚝 끊었다.

"알아. 그렇지만 나도 너를 걱정해서 그래. 이렇게는 더 버틸 수 없어. 너도 한계잖아."

희끄무레한 새벽빛 아래 백건은 일순간 숨을 멈추었다. 기주가 살며시 손을 잡으니 백건의 입김이 다시 찬찬히 퍼져 나갔다. 기주가 다정히 말했다.

"우리는 괜찮을 거야."

전우들의 시신은 어떻게 됐을까. 반도 사람들은 시신을 태운 뒤 유골을 땅속에 묻어 장례를 치르는 것이 전통이라고 했다. 한강 구역에 살던 어릴 적 기주는 근처의 묘지에 가 본 적이 있다. 함께 간 어른들은 넓고 평평한 설원 아래 수많은 돌이 놓여 있다고, 그 돌은 땅 밑에 누군가의 유골이 묻혀 있다는 표시라고 했다. 그 기억 때문에 기주는 반도군의 첫 장례식을 보았을 때 상당한 충격을 받았다. 압록강의 군인들은 시신을 태우지 않고 기지에서 멀리 떨어진 곳에 한꺼번에 파묻었다. 망자를 저렇게 함부로 묻다니 야만적이지 않나 하는 거부감이 들었지만 기주는 내색하지 않았다. 어차피 죽은 목숨이라고, 군인의 문화라고 머릿속에 새겨 넣듯이 반복했다. 이곳의 방식이다. 군인의 방식. 그러니 여기서는 이것이 옳다.

백건과 함께 한강 구역을 향해 나아가며 기주는 문득 궁금해졌다. 그렇다면 온실 마을에서도 같은 방식으로 장례를 치를까. 어느덧 해가 중천이었고 조금이나마 따뜻했다. 기주는 잠시 쉬며 지도와 나침반을 살피는 백건에게 장례식 이야기를 했다. 대륙에서는 어떤 장례를 치렀느냐는 질문에 백건은 마을 일은 모르겠다고 했다. 군인들이 죽으면 압록강에서처럼 시체 무더기를 수레에 실어 어딘가로 끌고 갔다고, 그 시체를 어떻게 처리했는지는 모르겠다고. 기주는 반도의 전통이라고들 하는 장례식을 알려 주었다. 백건은 잠자코 듣다가 신기하다는 듯 물었다.

"그런데 시신을 왜 불태워?"

"그러게."

"너도 몰라?"

"응. 그냥 예전부터 그랬대."

백건은 대수롭지 않게 고개를 끄덕였지만 기주는 골똘히 생각에 잠겨 중얼거렸다.

"그러고 보니까 이상하네. 왜 태우기 시작했을까."

"글쎄…… 따뜻해지라고 그랬나."

"그건 따뜻한 게 아니라 뜨거운 거잖아."

"그러면, 좀 더 쉽게 처리하려고?"

"가루가 되면 부피가 작아지고 가벼워지니까?"

"응."

"그렇다기에는 태우는 과정이 너무 성가시지 않나."

"그러면…… 옛날 사람 중 누군가가 원한 일 아닐까. 그 사람만의 이유로, 죽고 나면 그렇게 해 달라고 주변 사람들한테 부탁한 거지. 그게 어쩌다 보니까 반복되고, 전통까지 된 거고."

"꽤 그럴듯하다."

"그렇지?"

백건은 장난스럽게 웃고는 지도를 대충 접었다. 기주는 백건이 내민 손을 잡고 일어났다. 어느덧 제법 먼 거리를 왔다. 이제 이틀만 더 부지런히 나아가면 한강 구역에 도착할 수 있었다.

*

개들이 서늘한 새벽 공기를 가르며 내달리고 썰매가 덜컹대며 나아갔다. 화린은 썰매 핸들을 떨리는 손으로 몇 번이고 고쳐 쥐었다. 속도가 지나치게 빨라져도 브레이크를 밟지 않다가 한 번 썰매가 엎어질 뻔한 뒤에야 정신을 차리고 속도를 조절했다. 구역장에게 붙들린 순간 화린은 이대로 이자에게 죽을 수 있겠다는 공포에 압도되었다. 죽지 않기 위해서는 도망쳐야 한다는 위기감이 화린을 짓눌렀다.

화린은 개들을 채근하며 빠르게 북쪽으로 향했다. 쉼 없이 달려가는 동안 해가 뜨고 또 다른 하루가 시작되었다. 환한 햇살과 함께 지겹게, 찬란하게 시작되었다. 오늘은 하늘이 화창했다. 선연한 햇빛 아래 펼쳐진 눈밭은 그 빛을 반사해 화린의 눈을 찔렀다. 화린은 잠시 벗었던 고글을 다시 쓰고 개들과 함께 설원을 가로질렀다. 얼른 압록강에 도착해 기주를 만나고 싶었다. 지금쯤 쑥대밭이 되었을 전쟁터에서 기주만큼은 살아남았을 것이라고 어쩐지 믿을 수 있었다. 기주가 너무나 보고 싶었다.

화린이 정신없이 달려가는 동안 어딘가 아주 먼 곳에서 처음 듣는 짐승의 울부짖는 소리가 들렸다. 어떤 동물의 소리일까? 낯설지만 무섭지는 않았다. 아직 살아 있는 동물이, 야생동물이 있는 걸까? 그것이 가능한 일인 걸까? 그것은 얼마 안 가 개들이 컹컹 짖는 소리에 묻혀 화린의 귓가를 떠났다. 화린은 유안을 떠올렸다. 기주 못지않게 유안 역시 보고 싶어졌다. 그러나 곧 다시 만날 것이라고 직감할 수 있었다. 정확히는 유안이 언제라도 자신을 찾아와 줄 것이라고.

*

태하는 대륙군이 중앙의 커다란 톱니바퀴에 의해 규칙적으로 움직이는 정교하고 거대한 기계 같다고 생각하고는 했다. 병사들은 행군하면서도 그 이유를 몰랐다. 두꺼운 전투복을 입고, 성능 좋은 무기를 짊어지고, 군화를 신고, 사각사각 부서지는 눈 위를 질서 정연하게 걸어가며…… 지금 나는 어디로 가고 있는가. 그런 생각이 퍼뜩 뇌리를 스칠 때면 태하는 당장의 훈련에만 집중하며 머릿속을 비우려 애썼다. 그저 자신이 인류의 미래에 일조한다고 믿으려 애썼다. 그렇게 대륙군에서 버텨 왔다.

제때 치료하지 못한 어깨의 부상은 점점 곪아 갔다. 이대로라면 근육까지 훼손되고 감염될 것이 분명해서 태하는 다른 사람들이 버린 소독약과 붕대를 모아 어깨를 동여맸다. 태하가 부상과 싸우며 견뎌 내는 사이 수많은 반도군이 죽고 압록강의 모든 기지가 대륙군의 손에 들어왔다.

태하는 의무 막사에서 그 이야기를 전해 들었다. 일주일 가까이 이어진 전투가 끝난 아침 부상자들이 추가로 이 막사 안에 던져졌다. 비교적 가벼운 부상자들이 태하에게 압록강에서의 전투에 대해 알려 주었다. 아주 대단했죠, 하고 그들 중 하나가 말문을 열었다. 반도군이 공들여 쌓아 놓은 벽들은 순식간에 무너져 내렸고 병사들이 속수무책으로 죽어 나갔다고, 완벽한 승리로 끝났다고 했다. 태하는 떨리는 목소리를 감추지 못하고 물었다.

"포로…… 포로로 잡혀 온 사람은 없습니까?"

병사가 태평히 대꾸했다.

"이번 작전의 매뉴얼은 전원 사살이었습니다. 어차피 반도에서 건질 것은 중부 지역의 대장간과 남부 지역의 생산 지대뿐이니까요. 반도군은 살려 두면 앞으로 반항할 일밖에 없을 테니 최대한 많이 죽이라는 상부의 지시였습니다."

상부. 그들이 기주만은 생포해 주겠다는 약속을 어긴 것일까. 아니, 어쩌면 애초부터 그런 약속은 없었을지도 모른다. 심문자들이 태하를 회유하고 정보를 캐내기 위해 거짓말을 했을지도. 돌이켜 생각해 보니 그럴 가능성이 충분히 컸다. 무엇에 현혹되어 그 사실조차 못 본 것일까?

사상자가 얼마나 되는지 물어보니 작전은 성공적이었다고 병사는 자랑스럽게 답했다. 간부들은 대부분 붙잡아 확인 후에 총살했고 나머지는 몽땅 쓸어버렸다고, 시체가 산처럼 쌓여 있었다고. 태하는 한동안 물끄러미 병사를 쳐다보다가 벌떡 일어났다. 기주가 죽었을 것이라 생각하면서도 태하는 막사를 뛰쳐나왔다. 기주의 시신을 두 눈으로 직접 보기 전까지는 도저히 희망을 버릴 수 없었다.

*

압록강으로 보낼 물자는 도통 마련되지 않았다. 온실은 온실의 전쟁을 대비 중인 듯했다. 답답한 마음에 정처없이 걷던 유안이 도축장 문을 열고 들어가자 남자가 의아한 표정을 지었다. 유안은 가만히 서서 고개를 저었다.

"고기를 받으러 온 게 아니에요."

유안은 주먹을 쥐었다 폈다 하며 마음을 가다듬었다. 남자가 자신의 복잡한 심정을 이해해 줄지 확신할 수 없었지만 말문을 열었다.

"그 견과류 말이에요."

"견과류?"

"여기 떨어져 있던 견과류요."

"그건 갑자기 왜?"

"그게 견과류가 아니라 씨앗일 수도 있대요."

유안은 기주의 말을 상기하듯 그 말을 또박또박 정성스레 전했다.

"땅에 발아하지 못한 씨앗이 무수히 남겨져 있대요. 지뢰랑 같이. 군인이 말해 줬어요. 압록강의 군인이요. 눈 속의 씨앗을 많이 보았다고 했어요."

마치 그 이야기가 사실인 것처럼, 적어도 자신은 사실이라고 굳게 믿는 것처럼 유안은 남자를 똑바로 응시하며 확신에 찬 어조로 말했다. 한동안 침묵을 지키는 남자를 바라보며 유안은 세차게 뛰는 심장 박동을 고스란히 느꼈다. 남자가 어떤 말을 할지 궁금했다. 지긋한 시선을 보내는 유안에게 남자는 한참 아무 말이 없었다. 결국 유안이 참지 못하고 다시 입을 열었다.

"견과류가 아니라 씨앗이라고요. 자라면 우리가 지구에 있는 줄도 몰랐던 식물이 될 씨앗."

남자는 대수롭지 않게 대꾸했다.

"딱딱하게 언 견과류든, 씨앗이든, 먹을 수 없다는 건 똑같지."

유안은 내가 무엇을 기대한 건가 싶어 맥이 탁 풀렸다. 남자는 말문이 막힌 유안을 뒤로하고 자기 일로 돌아갔다. 탕, 탕, 커다란 칼로 도마를 내리치며 고기를 써는 소리가 울렸다. 잠시 후 남자는 요구하지 않은 개 먹이용 고기를 포장해 건네주었다. 그러더니 뜻밖의 부드러운 표정으로 중얼거렸다.

"도진도 종종 그런 엉뚱한 소릴 했지."

유안은 순간 멍해진 탓에 봉투를 받아들지도 못했다. 남자는 유안의 기분이 썩 좋지 않다고 생각했는지 어깨를 으쓱하며 덧붙였다.

"나쁜 뜻은 아니었어."

"네, 알아요."

"굳이 따지자면 좋은 뜻이었지."

"……그것도 알아요."

"그렇지? 도진은 좋은 사람이었잖아."

좋은 사람. 유안은 그 말을 곱씹었다. 도진은 좋은 사람이었다. 생명을 소중히 여기라고, 장난으로라도 함부로 하지 말라고 말하는 사람. 진심으로 모두를 그렇게 대하는 사람. 그렇게 더 많은 존재를 기억하려 했고 기억해 온 사람.

방으로 돌아온 유안은 신중한 손길로 생명도감을 펼쳐 보았다. 이전에 보았던 장황한 목차가 다시금 시야를 채웠다. 유안은 빛바랜 내지가 찢기지 않도록 조심하며 한 장 한 장 넘겼다. 위압감이 느껴질 만큼 방대한 자료가, 저자의 비장한 책임감마저 물씬 느껴지는 삽화와 설명이 차례차례 유안의 눈앞에 펼쳐졌다.

유안은 다시 맨 첫 장으로 돌아갔다. 이제는 외운 문장이었다.

"기억의 힘을 믿으며."

아마도 지금의 미래를 짐작하고 필사적으로 남겨 둔 기록. 유안은 어쩐지 가슴이 미어져서 숨을 옅게 헐떡이며 몇 페이지 더 넘겼다. 한때 지구에서 자라고 시들고 다시 싹트기를 반복했던 식물 중 하나를, 익숙한 형태의 씨앗이 그려진 삽화를 발견했다. 순전히 유안이 조금이나마 아는 식물이었기 때문에 그 그림을 한눈에 알아볼 수 있었다. "보드라운 솜털에 둘러싸여 있고 연분홍빛 껍질과 상앗빛 과육을 가지고 있으며 새콤달콤한 맛이 나는 열매." '복숭아'라고 명시된 과일에 대한 설명이 꼼꼼히 적혀 있었고, 삽화에는 반으로 갈라진 복숭아가 묘사되어 있었다. 중앙에 박힌 것은 표면이 오돌도톨한 고동색 씨앗이었다. 유안은 한동안 외투 주머니에 넣고 다니던 조그만 견과류 아니, 씨앗을 되새겼다. 비록 맛을 보지는 못했지만 손에 쥐었을 때의 부피감과 감촉을 기억했다. 그렇게 잠시 상상하는 것만으로 생명도감에 기록된 식물 중 하나인 복숭아는 여타 낯선 생명체와는 달리 유안이 아는 것이 되었다. 그야말로 실체 있는 생명체가 되었다. 살아 있었던, 혹은 살아 있는 것이 되었다. 유안은 누군가 이 생명도감을 집필한 이유를 알 것 같았다. 그 마음을 알 것 같았다. 대단한 사명감도 이타심도 아닌, 그저 잊고 싶지도, 잊히고 싶지도 않은…….

*

불현듯 불어닥치는 눈보라처럼 찾아온 생각.
나는 어째서 도망치고 있는가?
대체 언제까지 도망쳐야 하는가?
멍해진 화린은 떨리는 손으로 핸들을 꽉 잡고 브레이크를 밟아 썰매를 세웠다. 구역장보다도 방금 머릿속에 던져진 의문이 화린을 더욱 두렵게 했다. 어째서, 언제까지 도망쳐야 하지? 화린은 고글을 벗고 숨을 고르며 주위를 둘러보았다. 동이 트기 전 이른 아침에 한강 구역을 빠져나온 것으로 기억하는데 벌써 쨍한 햇볕이 내리쬐는 한낮이었다. 화린은 급히 짐칸을 뒤져 나침반과 지도를 꺼냈다. 정신없이 달리느라 방향을 잘못 잡은 것 같았다. 아득히 펼쳐진 설원에서는 내내 거센 바람이 몰아치고 있었다. 오는 길에 들은 생소한 짐승의 하울링 같다고 생각하다가 고개를 내저었다. 정확히 기억나지 않지만 이 소리와는 다르다. 좀 더 생생하고 미약한, 그런 울음소리였다.

개들은 유난히 조용했고 불규칙적으로 허공을 가르던 바람 소리는 차츰 잦아들었다. 개들이 함께 있는데도 화린은 세상에 혼자 남겨진 듯한 고립감과 공포에 몸을 떨었다. 사방이 트인 광활한 설원에 홀로 덩그러니 서 있었다. 어딘가로 나아갈 엄두조차 나지 않았다. 화린은 어깨를 잔뜩 움츠리고 이리저리 고개를 두리번거렸다. 이대로 누군가에게 마지막 말을 전하지도 못하고, 그러니까 어떠한 기억조차 남기지 못하고 아무도 모르는 이곳에서 죽을지도 모른다. 추위가 아닌 순수한 공포로 몸이 세차게 떨렸다.

화린은 머뭇거리며 몇 걸음 내디뎌 앞으로 나아갔다. 잠시 잠잠해졌던 바람이 다시 거세게 일었다. 화린은 심상치 않은 바람의 흐름을 느끼면서도 걸음을 멈출 수 없었다. 가만히 이 자리에 머무르는 것만큼은 싫었다. 당장 어디로든 움직이는 것 말고는 할 수 있는 일이 없었다. 새하얗게 몰아치는 눈보라를 망연히 응시하며 화린은 계속 걸었다. 걷고 있으면서도 어디로 가야 할지 몰라 정신이 아득하도록 막막해지던 순간이었다.

"길을 잃었어?"

아이를 다시 만났다.

아니, 만났다고 표현할 수는 없을 것이다. 아이의 목소리를 들었다. 눈으로 확인할 수 있는 것은 눈보라 속 흐릿한 실루엣뿐이었다. 하지만 화린은 아이가 이곳에 있다는 것을 알았다. 어째서인지 화린은 눈시울이 뜨거워졌다. 시신을 찾아 달라는 아이의 부탁을 들어주지 못했기 때문일까. 혹은 지금 당장 공포에서 벗어난 안도감 때문일까. 언 뺨을 타고 눈물이 흘렀다. 눈앞의 실루엣이 살짝 흔들렸다.

"왜 울어?"

화린도 이유를 모른다고 생각했지만 신기하게도 저절로 입이 열렸다.

"안쓰러워서……."

조금 전 무턱대고 걸음을 옮기는 것을 참을 수 없었듯이, 화린은 도저히 눈물을 참을 수 없었다.

"네가 너무 안쓰러워서……. 너를 아직 찾지 못한 게 미안해서."

화린과는 달리 맑고 초연한 말투로 아이가 답했다.

"괜찮아."

언제부터인가 서서히 바람이 매서워지고 있었다. 화린은 몹시 거칠어진 바람의 결을 뒤늦게 인지했다. 아이는 춥지도 두렵지도 않은 듯 심상한 투로 말을 이었다.

"지금은 내가 너를 도와줄게. 그러고 나면 너는 내 시신을 찾아 줘. 그러면 돼."

묻고 싶은 것이 많았지만 화린은 끝내 입을 열지 못했다. 한순간에 시야가 온통 새하얀 빛으로 뒤덮였다. 그것은 확실히 뒤덮였다는 말 말고는 표현할 수 없는 광경이었다. 조금 전까지 눈앞에 있던 아이가 사라졌다. 하늘과 지평선도 삭제되었다. 처음도 끝도 알 수 없는 광활한 백색 공간. 숨이 막히도록 깨끗한 흰색만이 존재했다. 화이트아웃이다.

간신히 다시 만난 아이를 이렇듯 어리석게 놓쳐 버렸다. 기억을 손으로 붙잡을 수 있다면 어떻게든 끝자락을 그러쥐었을 텐데 화린은 또다시 아이의 형상과 언어가 빠르게 잊혀 가는 것을 막지 못했다. 모든 감각은 잊히고 어떤 말의 내용만이 남겨진다면 그것을 기억이라고 부를 수 있을까. 흔적이라고 부를 수 있을까. 말이라고 부를 수 있을까. 화린은 이제야

말로 아이의 실체를 알고 싶었다. 어떤 모습과 소리를 지닌 존재인지, 그 실체를 알고 싶었다. 그래야 기억할 수 있으니.

*

"그러고 보니까."
"응."
"넌 이렇게까지 남쪽에 와 볼 일이 거의 없었겠네."
한강 구역을 목전에 두고 잠시 모닥불 앞에 앉아 쉬던 중이었다. 기주가 뜬금없이 꺼낸 말에 백건은 어깨를 으쓱했다.
"그렇긴 하지. 애초에 압록강도 나한테는 엄청나게 남쪽이었지만."
"아…… 그러네."
기주는 대수롭지 않게 반응했지만 백건은 스스로 한 말이 기묘하게 느껴졌다. 마치 처음부터 남쪽을 향하기를 원했던 것처럼 조금씩 남쪽으로 옮겨 가는 인생을 사는 중이었다. 얼떨결에라는 말은 어울리지 않는다. 이제는 안다. 선택권이 없다고 믿었던 때마저 끊임없이 무언가를 선택해 왔다는 것을. 백건은 기주의 어깨에 머리를 살포시 기대며 중얼거렸다.
"만약에, 계속, 정말로 계속, 남쪽으로 간다면…… 뭔가 다른 게 있을까."

기주는 한동안 말이 없었다. 백건이 한 질문을 잊어버릴 무렵이 되어서야 기주는 입을 열었다.

"어쨌든 낙원은 없겠지, 거기에도."

그렇게 오래 고민한 답변이라기에는 조금 시시했다. 백건은 작게 웃으며 물었다.

"그러면 뭐가 있을 것 같은데?"

"낙원 빼고 다."

"마음에 드네."

"가 볼까?"

"남쪽으로?"

"응."

"좋아. 가자."

"그렇게 쉽게?"

정작 먼저 말을 꺼낸 기주는 어이없다는 듯 실소를 흘렸다. 백건은 진심이라는 뜻으로 기주의 눈을 똑바로 마주 보았다. 기주에게서 한 번 더 헛웃음이 새어 나왔다. 왜 웃어? 백건이 능청스레 묻자 기주는 모닥불로 시선을 돌리며 말했다.

"네가 어쩌다 여기까지 왔는지 알 것 같아서."

추위도 피로도 몹시 견디기 힘들었지만 백건은 왠지 이곳에 좀 더 오래 머무르고 싶었다. 초연함에서 비롯한 한가로운 기류 속에서 언제까지고 기주와 나란히 앉아 실없는 이야기를 나누며 시간을 찬찬히 흘려보낼 수 있을 듯싶었다. 동사 직전 스멀스멀 몸을 잠식해 가는 잠기운만큼이나 달콤한 상상이었다. 백건의 속내를 눈치챘을 리 없는 기주가 말했다.

"이제 다시 출발하자."

백건은 마지못해 기주의 손을 잡고 몸을 일으켰다. 바로 옆의 천막을 열어 개들을 데리고 나왔다. 썰매 앞쪽에 갱라인을 연결하던 중 기주가 백건의 손을 꽉 잡았다. 백건은 흠칫하며 기주와 같은 곳을 쳐다보았다. 언덕 너머에서 거대한 화염과 잿빛 연기가 치솟고 있었다. 한강 구역이 불타고 있었다.

*

이장은 한강 구역에서 일어난 사건을 내분이라고 말했다. 구역장 후계자가 도망친 것을 계기로 제각기 갈라져 싸우다가 결국 무력 사태가 벌어졌고, 대륙군의 공격을 받을 것이라는 위기감 때문에 더더욱 분위기가 과열된 한강 구역은 지금 큰불로 건물이 전소되었다고. 이장은 매우 담담히 말하고는 유안에게 제안했다.

"앞으로는 온실에서 일해야겠구나."

그 말은 곧 짐꾼이라는 역할이 더 이상 필요가 없어졌다는 뜻이었다. 유안은 할 말을 잃고 멍하니 이장을 응시했다.

떠날 채비를 마치고 차고로 향하던 중 듣게 된 날벼락 같은 소식이었다. 화린이 이미 한강 구역을 떠났다는 것을 그나마 다행으로 여겨야 할까. 이장은 가만히 서서 침묵을 지키는 유안을 지나쳐 자리를 떠났다.

차고 옆 개들이 유안을 보고는 반갑게 꼬리를 흔들며 맞아 주었다. 유안은 반사적으로 다가가 개들을 쓰다듬으며 생각을 정리하려 애썼다. 유안은 세워 둔 자신의 썰매에 오른 채 버릇처럼 생명도감을 꺼내 읽었다. 드디어 식물 부분이 끝나고 동물 부분에 들어섰다. 식물과 마찬가지로 동물도 유안이 이름조차 들어 보지 못한 종류가 대부분이었다. 뜻밖인 점은 인간이 포함되어 있다는 것이었다. 유안은 다른 생물과 같은 분량이 할애된 인간의 기록을 훑어보며 의아해졌다. 인간도 동물인가. 유안이 아는 동물은 가축뿐이었다. 유안뿐 아니라 온실 마을 사람들은 모두 마찬가지였다. 조금 거북하던 것도 잠시, 유안은 차고 옆에서 뛰노는 개들을 물끄러미 바라보았다. 개들을 보니 조금은 상상할 수 있었다. 가축이 아니라도 살아 숨쉬는 동물을. 그 동물의 한 종으로서의 인간을.

인간에 이어 유안은 개에 관한 기록을 찾아보았다. 설명과 함께 제시된 그림은 의외로 유안에게 익숙한 개의 모습과는 차이가 있었다. 유안은 그림 속 개와 바로 옆에 뛰노는 개들을 몇 번 번갈아 보았다. 네 다리와 두 귀, 꼬리 등 전체적인 형상은 같지만 그림의 개는 미묘하게 인상이 순하고 연약해 보였다. 심지어 설명을 읽어 보니 과거에는 품종이 더욱 다양했고, 한 품에 쏙 들어올 정도로 작은 종도 많았다. 지금의 개들을 생각하면 좀처럼 상상되지 않았다. 마지막 문장은 이랬다.

"이리가 인간 곁에 머무르다가 인간에게 친숙하도록 변화한 것으로 추정된다."

개의 선조 격이라는 '이리'는 영 낯선 이름이었다. 유안은 책을 뒤적이며 이리라는 동물의 설명을 찾았다. 한참 책장을 넘겨 보았지만 결국 찾지 못했다. 이리가 이미 멸종한 뒤에 집필한 모양이었다. 그렇다면 이 책의 저자도 이리를 실제로 본 적이 없을까. 이리의 실체를 모르는 것일까. 실체 없이 이름만 남겨진 존재. 유안이 우연히 생명도감을 펼쳐 보지 않았다면 앞으로도 이름조차 알지 못했을 존재.

저들끼리 신나게 뛰어놀던 개 한 마리가 유안에게 다가와 팔에 머리를 비볐다. 유안은 개의 목덜미를 소중히 쓰다듬으며 먼 과거의 개들 혹은 이리들을 머릿속에 그려 보려 애썼다. 그러나 그려지지 않았다. 유안은 씨앗을 떠올려 보았다. 눈 속의 씨앗처럼 보이지 않는 곳에서 조용히 웅크리고 때를 기다리고 있을지도 모르는 존재들. 낯선 욕망에 가슴이 세차게 두근거렸다. 그런 존재들을 더 알고 싶었다. 기억하고 싶었다.

유안은 방에 들러 꽤 오래 떠날 준비를 시작했다. 여분의 옷가지부터 비상식량, 임시 숙소를 만들 장비, 다양한 크기의 손전등, 잭나이프 같은 간단한 무기 등 평소에 거추장스럽다는 이유로 몸에 지니지 않았던 물건까지 철저히 챙겼다. 화린은 지금 어디쯤 있을까? 보고 싶었다. 최전방의 전쟁터로 화린을 만나러 간다는 것이 얼마나 무모하고 어리석은 짓인지 유안은 당연히 알았다. 그러나 화린이 보고 싶었다. 화린에게 지금 발견한 것을, 이 마음을 나누어 주고 싶었다. 기억하고 싶어서 알고 싶은 마음을.

5

 한 걸음 옮길 때마다 뼈와 살이 조금씩 깎여 나가는 듯했다. 어느덧 춥다는 것과 아프다는 것 말고는 다른 생각이 끼어들 틈이 없었다. 총상이 낫기는커녕 심하게 덧난 것이 분명한 어깨는 감각이 사라진 지 오래였다. 태하는 눈 속에 파묻힌 발을 간신히 들어 올렸지만 결국 내딛지 못하고 푹 고꾸라졌다.
 누군가의 개 썰매를 훔쳐 무작정 남쪽으로 이동해 왔지만, 이제는 썰매를 몰 힘도 바닥난 지 오래였다. 개들은 어느새 빈 썰매를 끌고 사라져 버렸고 태하는 설원 한복판에 홀로 남았다. 언제부터인가 눈이 내리고 있었다. 태하는 얼어붙어 가는 몸에 힘을 풀고 눈밭에 드러누운 채 하늘을 올려다보았다. 강설, 폭설, 눈보라. 그런 말과는 어쩐지 어울리지 않는 눈이었다. 새하얀 눈송이가 바람에 살랑이며 찬찬히 태하에게로 쏟아졌다. 태하는 멀거니 눈을 껌뻑이며, 몸 위로 소복소복 내려앉는 눈을 시야에 담으며 한참을 고민했다. 저런 눈은 어떤 이름으로 불러야 할까. 이토록 포근하고 아름답게 나부끼는 눈을…… 부를 알맞은 이름이 있을 텐데, 그런 단어가 분명히 존재할 텐데, 현재는 아니더라도 분명히 존재한 적이 있을 텐데, 이 순간 그 이름을 한 번이라도 발음해 보고 싶은데…… 도무지 떠오르지 않았다.

태하는 그동안 접한 여러 죽음을 되짚어 보았다. 이대로 죽을 수도 있겠다는 생각이 들었던 순간도 있었고, 장례식에 참석한 적은 좀 더 많았으며, 누군가 죽었다는 소식을 전해 들은 경험은 그야말로 셀 수조차 없었다. 어쩌면 그래서 오히려 죽음에 대해 깊이 생각하거나 체감해 본 적이 없는지도 몰랐다. 태하는 느리게 숨을 몰아쉬며 실제로 입 밖에 냈는지 속으로만 했는지 헷갈리는 말을 되뇌었다.

나는 사실 아무것도 모르고 있었던 것이 아닐까.

알고 있다고 굳게 믿었던 모든 것이 서서히 멀어져 갔다. 죽음도, 그 반대편에 놓인 것들도 점점 더 멀리.

태하는 천천히 눈을 감았다. 이번에야말로 죽음이 코앞에 있다고 확신했다. 이 순간, 후련한가. 혹은 억울한가. 무언가를 후회하는가. 태하는 의식이 아득해지는 것을 느끼며 자문했다. 그러나 가까스로 열린 입에서 흘러나온 말은 달랐다.
"……춥다."

*

화이트아웃을 맞닥뜨렸다면 절대로 이동하지 말 것. 한자리에 멈추어 서서 화이트아웃이 끝나기를 기다릴 것. 어릴 적부터 지겹도록 익힌 수칙이 떠오른 것은 이미 한참을 정처 없이 걷고 난 뒤였다. 화린의 걸음이 그제야 멈추었다. 화린은 여전히 새하얗기만 한 허공을 둘러보며 숨을 길게 내뱉었다. 입김조차 눈에 띄지 않았다. 자각하지 못하는 사이 쉼 없이 걸었기 때문인지 아니면 흰 허공에서 비롯하는 공포 때문인지 점점 현기증이 일고 몸에서 힘이 풀렸다. 새하얀 풍경이 그토록 두렵기는 처음이었다. 화린은 차가운 공기에 오래 노출되어 얼얼해진 눈가를 세게 비볐다. 살갗이 당장이라도 찢어질 것처럼 아렸다.

넋을 놓고 걸어온 거리가 어느 정도인지 도통 가늠이 안 되었다. 이제라도 멈추어야 한다는 것을 알았지만 가만히 서 있으려니 극심한 추위도 초조함도 견디기 힘들었다. 화린은 잘게 떨리는 어깨를 움츠리며 몇 발짝 더 나아갔다. 어디에든 도착하고 싶었지만 마땅히 도착할 만한 곳이 없었다. 화이트아웃에서 벗어난 뒤라도 마찬가지였다. 대체 어디로 가야 할까. 이곳에서 무사히 살아 나간들 무슨 소용일까. 한창 그런 생각이 머릿속을 지배해 가던 무렵 불현듯 떠오른 것이 있었다. 그 아이. 한강 구역 앞을 헤맬 때 나를 구해 준 아이. 화이트아웃 직전에 나를 찾아온 아이. 늘 경계 밖에서 나를 기다리는 듯 만나는 그 아이.

모든 것이 흐릿하기만 한 지금 단언할 수 있는 단 한 가지 사실. 그 아이를 찾아야 한다. 더 늦기 전에 시신을. 화린은 눈을 질끈 감았다 뜨고 한 걸음 내디뎠다. 눈으로 확인할 수 있는 것은 아무것도 없었다. 눈을 뜨면 하얗고, 눈을 감으면 새까맸다. 차라리 어둠에 익숙해질 작정으로 눈을 감았다. 그리고 조금씩 앞으로 나아가며 다른 감각에 집중했다.

차갑다. 몸이 떨린다. 춥다. 차갑다. 살갗이 아프다. 숨이 찬다. 차갑다. 나아간다. 발밑에서 부스러지는 눈. 토해지는 숨결. 차갑다. 춥다. 차갑다……. 들린다.

들린다.

멀리서, 아주 멀리서 낯선 짐승이 울부짖는 소리가…… 들린다.

얼마 전 처음 들은 것과 같은 낯선 짐승의 하울링. 울림통이 크고, 위협적으로 들리기도 혹은 애달프게 들리기도 하는,

실체를 알 수 없는 미지의 하울링. 화린은 메아리치며 울려오는 하울링을 좇아 차근차근 나아가기 시작했다. 편안히 누워 잠들고만 싶은 유혹을 뿌리치고 계속 걸었다. 그 낯선 짐승의 소리가 조금씩 가까워지는 것은 착각이 아닌 듯했다. 하울링이 아이의 목소리 같다. 하울링을 좇아가면 그 아이를 다시 만날 수 있을 것 같다. 하울링이 화린을 어딘가로 이끌고 있었다. 화린은 몇 번이고 되뇌었다. 조금만 기다려. 내가 갈게. 내가 너를 찾아낼게. 너를 알고 싶어. 이렇게나 허약한 내가, 이렇게나 허약한 마음으로.

위태롭게, 동시에 끈질기게 이어지던 화린의 걸음이 우뚝 멎었다. 영영 계속될 것만 같았던 백색 공간이 끝났다. 마침내 세상의 끝에 다다른 것 같았다. 감히 그런 기분이었다. 설원의 지평선과 그곳으로부터 퍼져 나가는 찬연한 햇빛을, 서서히 밝아지는 이른 아침의 드높은 하늘을 화린은 얼떨떨하게 바라보았다. 자신이 좇아 온 하울링의 주인은 어디에 있는지, 아이는 어디에 있는지 고개를 두리번거렸다. 개들이 컹컹 짖는 소리가 우렁차게 울렸다. 화린은 퍼뜩 정신을 차리고 뒤를 돌아보았다. 멀리, 자그맣게 서 있는 화린의 썰매가 보였다. 개들은 마치 썰매를 지켜 낸듯 그 주위에 모여 앉아 있었다. 화린을 발견한 개들이 반가운 듯 꼬리를 세차게 흔들며 달려왔다. 맥이 풀려 주저앉은 화린을 개들이 에워싸고 핥으며 품에 안겼다. 개들이 너무 따뜻해서 화린은 주저했다. 자신의 얼음장 같은 체온이 개들에게 옮겨 갈까 걱정됐다.

"차갑지 않아?"

갈라진 목소리로 웅얼거리던 화린은 끝내 개들을 밀쳐 내지 못했다. 이들을 품에 안고 싶었다. 서너 마리의 목덜미를 한꺼번에 부둥켜안고 숨죽여 울었다. 보고 싶었어. 보고 싶었어. 너무 보고 싶었어.

살았구나.

내가 살아남았다.

화린이 그 사실을 체감한 것은 하울링을 좇아 꼬박 일주일을 더 이동한 뒤 태하의 시신을 발견했을 때였다. 아이는 도와주겠다는 약속을 지켰다. 길을 잃었던 화린을 태하에게 데려다주었으니.

태하는 숨이 멎은 지 얼마 되지 않은 듯했다. 눈에 거의 파묻히지 않았고 드러난 손과 얼굴이 깨끗했다. 화린은 성에가 낀 것처럼 희멀게진 태하의 뺨을 쓸었다. 지워지지 않았다. 모든 것이 그저 하얗고 차가웠다. 화린은 태하의 몸을 끌어안았지만 오래 안고 있지는 못했다. 애써 미련을 거두고 태하를 품에서 놓았다.

태하는 생경한 전투복을 입고 있었다. 어깨에 상처가 났고 출혈이 있었던 모양이었다. 화린은 태하의 지난 행방을 저절로 짐작할 수 있었다. 만약 살아 있는 태하를 만났다면 끔찍이 원망하게 되었을지도 모르겠다고, 순수하고 온전하게 슬퍼할 수 있는 건 태하가 숨졌기 때문에 가능한 일이라고, 어쩔 수 없이 그렇다고 화린은 생각했다.

*

혹시나 하는 마지막 희망 따위는 품지 않았다. 가까이에서 본 한강 구역 건물은 전소에 가까운 상태였다. 눈송이 대신 잿가루와 탁한 연기가 하늘을 뒤덮고 있었다. 기주는 완연하게 붕괴한 고향을 담담히 눈에 담았다. 본래 굳게 닫혀 있던 높은 담장의 대문이 활짝 열린 탓에 그 내부의 처참한 광경을 적나라하게 확인할 수 있었다. 건물은 거의 골조만 남은 채 아직도 불타는 중이고, 생존자는 눈에 띄지 않는 것으로 보아 다들 화재 진압을 포기하고 도망치는 쪽을 택한 듯싶었다. 구역장은 어떻게 되었는지 알 길이 없었는데 구태여 알고 싶지도 않았다. 기주의 머릿속에는 오로지 화린뿐이었다.

기주는 멍한 눈빛으로 억지로 걸음을 떼었다. 점점 빨라지는 걸음으로 거침없이 대문을 통과해 건물 쪽으로 향했다. 뒤에서 기주를 부르던 백건은 잠자코 따라왔다. 건물에 가까이

다가서자 짙은 열기가 전해졌다. 기주는 기억을 더듬어 서둘러 차고로 향했다. 어느 때보다도 조마조마한 심정으로 그 내부를 확인하고는 겨우 가슴을 쓸어내렸다. 차고에 세워진 썰매 중 화린의 것은 없었다. 개 사육장도 비어 있었다. 화린은 진작 도망친 것이 분명했다. 다만 무사히 살아남았을 것이라고 확신할 수는 없었다. 준비를 제대로 하지 못하고 무작정 이곳을 빠져나갔다면 혹독한 야외에서 오래 버티기는 불가능에 가까웠다.

"화린을 찾아야 해."

기주가 어렵사리 꺼낸 말에 백건은 고개를 끄덕였다. 마치 기주가 무슨 말을 하든 그렇게 반응할 준비가 되어 있었던 것처럼.

"그래. 같이 가자."

백건은 다시 한번 기주의 손을 꽉 잡았다.

기주가 아는 화린은 갑작스레 궁지에 몰렸을 때 신속하게 대처하는 사람이 아니었다. 결정을 위해 필요로 하는 시간이 긴 편이었다. 겁먹고 당황한 나머지 아무 곳으로나 무턱대고 달려갔을 가능성도 있었다. 더는 한강 구역이라고 부를 수 없는 건물 앞에서 기주는 백건과 함께 지도를 들여다보며 고민했다. 혹시 도망치다가 이미 잘못되었다면, 하는 불길한 생각이 수시로 엄습했지만 전부 떨쳐 냈다. 우선은 화린을 믿어야 했고, 그 방법밖에는 없었다. 기주 스스로 할 수 있는 일이 없어서 마냥 남을 믿어야만 하는 상황이 낯설었다. 그러나 사실 이제껏 스스로 완벽히 해낸 일이 있었던가, 어쩌면 착각과 자위의 연속이었을지도……. 그런 회의감에 빠졌다 빠져 나오기를 반복하며 기주는 계획을 세워 나갔다.

일단 온실 마을에 가 보기로 했다. 유안이라는 짐꾼과 부쩍 친해졌으니 무심결에 온실 마을로 향했을 수도 있다고 백건에게 설명하던 중 기주는 문득 목이 메었다. 급히 헛기침을 하며 목을 가다듬었지만 백건은 이미 눈치챈 듯 기주를 빤히 바라보고 있었다. 어차피 백건이 어느 정도 속내를 알고 있으리라는 생각에 기주는 굳이 말을 정제하지 않고 중얼거렸다.

"무사할 거야. 살아 있을 테고, 반드시 만날 거야."

잠시 가만히 허공을 바라보던 백건은 이내 고개를 끄덕였다. 기주는 어서 화린을 다시 만나고 싶었다. 아니, 다시 만나야만 했다. 그럴 수 있을 것 같았다. 금방이라도 쓰러질 듯했던 몸에 비로소 힘이 돌아왔다.

둘은 다시 떠날 준비를 했다. 이번에는 온실 마을이 목적지였고, 중간에 또 한 번 계획이 바뀌거나 그곳에 무사히 도착할 수 없을지도 모르지만, 그리고 도착하더라도 화린을 만나지 못할 수도 있지만 기주는 일단 멈추지 않기로 했다. 몸 속 깊숙이 침투해 오는 추위를 고스란히 느끼며 백건과 함께

갈 것이다.

어차피 지구는 태어날 때부터 죽을 때까지 추운 곳.

기주는 이제껏 자신을 살게 한 것들에 대해 생각했다. 그 모든 것이 너무나 무의미하게 느껴져서, 그리고 두고 온 모두에게 미안해서 잠시 눈시울이 뜨거워지기도 했다. 앞으로도 이토록 무의미한 것들을, 미안해야 하는 것들을 안고 살아야 할까. 기주는 붉어진 눈가를 꾹꾹 눌러 눈물을 삼키고 다시 한 발짝씩 내디뎠다. 이따금 비틀거릴 때면 서로 잡아 주며 백건과 함께 나아갔다. 매번 바라보던 북쪽과는 정반대 방향으로 끈질기게 나아갈 것이다.

앞으로도 그러고 싶었다.

앞으로도 그럴 수 있을 것 같았다.

*

눈보라가 멎고 하늘이 화창하게 개었다. 온실 마을을 떠나, 한강 구역을 지나 유안의 개들은 유안이 방향을 잡아 주지 않아도 익숙한 길을 따라 거침없이 달렸다. 그들의 관성적인 뜀박질이 유안은 그날따라 기묘하게 느껴졌다. 브레이크 페달로 속도를 조절하고 코너에서는 몸을 한쪽으로 기울이며 갱라인을 팽팽히 당겨 균형을 유지하는 자신의 관성도 마찬가지였다.

유안은 자신이 떠나온 온실을 떠올렸다. 거대한 온실 안에는, 투명하고 두꺼운 유리벽 너머에는 파란색 작업복을 입은 사람들이 있다. 또한 그들이 선택적으로 길러 내는 동물과 식물이 있다. 무언가를 선택적으로 길러 내고 살리는 것은 다른 무언가를 선택적으로 죽이는 것. 온실에서 살거나 죽는 모든 생명체를 유안은 영영 모를 것이다. 도진의 지난날을 영영 모르는 것과는 다른 의미였다. 유안은 온실 안을 들여다보고 싶지 않았다. 앞으로도 결코 온실 안이 궁금하지 않을 것이다.

뒤를 돌아보아도 정면과 똑같은 설원이었다. 단조로울 정도로 똑같은 풍경이 유안은 차라리 다행이었다. 돌아간다면 온전하고 근사한 온실과 끔찍하게 불타 버린 한강 구역이 있고, 더 나아간다면 공습으로 완벽히 무너진 반도군 기지가 있을 테고……. 언젠가는 온실 역시 그렇듯 흔적에 불과해질까. 유안은 폐허가 된 온실을 머릿속에 그려 보았다. 이미 보고 온 듯한 기분이었다. 도진이 자랑스러워했던 온실도 영원히 건재할 수 없을 것이다. 온실을 지었다던, 도진이 그토록 존경했던 위대한 선조 과학자들은 오래전에 죽었고 잊혔다. 도진도, 자신도, 그 누구도 마찬가지일까. 정말 우리는 영영 사라지게 될까.

그러나 유안은 씨앗을 몸에 지녀 보았다. 언젠가 때가 되면 싹을 틔워 '복숭아'가 된다는 씨앗을.

유안은 썰매를 잠시 세우고 나침반과 지도를 확인했다. 압록강까지는 아직 한참 남아 있었다. 썰매에 비스듬히 기대 서서 물을 마시던 유안은 퍼뜩 고개를 돌렸다. 매섭게 몰아치는 바람 소리를 뚫고 저편에서 미세한 소리가 들려왔다. 그 소리를 좇아 홀린 듯 걸음을 옮겼다. 누군가 지평선에 서서 힘겹게 삽질을 하고 있었다. 그가 가까워질수록 유안의 걸음이 빨라졌다.

유안이 부르기 전 화린이 먼저 주춤하며 고개를 들었다. 유안은 멀거니 자신을 쳐다보는 화린에게 좀 더 다가갔다. 화린의 손을 잡고 어깨를 도닥였다. 유안의 썰매 개들이 신나게 짖으며 달려왔고, 뒤이어 화린의 개들도 반가운 기색으로 화답했다. 개들이 한데 어울려 노는 동안 유안은 화린의 손을 몇 번이나 고쳐 잡았다.

"왜 눈을 파고 있어요?"

조심스러운 질문에 화린은 희미한 미소를 지었다.

"파는 게 아니라 묻고 있었어요."

화린은 아주 오랜 친구를, 낡고 빛바랬다는 말로 표현할 수 있을 만큼 오랜 시간 속의 친구를 조금 전 묻었다고 했다. 계속 같은 기억에 서서 허공을 노려보고 있다가 비로소 고개를 돌려 앞을 보게 된 기분이라고, 이제야 앞으로 나아갈 수 있을 것 같다고. 빙하처럼 얼어붙은 시신을 불태우지도, 유골을 상자에 넣어 주지도 못했지만 나름대로 최선을 다해 보내 주었다고 했다. 유안은 그 옆에서 함께 구덩이를 마저 메웠다. 화린은 마지막으로 눈을 지그시 밟아 평평하게 다지며 중얼거렸다.

"잊을 수 없을 것 같아요."

유안은 화린을 따라 눈을 꾹꾹 밟았다.

"잊고 싶어요?"

유안의 나직한 질문에 화린은 고개를 들어 유안을 바라보았다.

"아니요."

"왜요?"

"다시는 볼 수 없다는 걸 확실히 알아 버렸지만, 그렇지만……."

"네."

"그렇지만, 기억하는 게 훨씬 나아요."

"정말요?"

"적어도 내가 느끼기에는."

화린은 단단히 다져진 눈을 손으로 살며시 쓸며 되뇌었다.

"그 사람의 기억이 나와 같이 살아 주는 것 같아서."

"그 사람의 기억이…… 나와 같이……."

"모두가 그렇지 않을까요. 내가 없는 미래에는 누군가의 기억 속에서 내가 살겠죠."

살아 있는 한 기억할 수 있다. 기억은 사라진 것들을 되살릴 수 있다. 지금 이곳에 없더라도.

유안이 물끄러미 화린을 바라보자 화린은 찬찬히 그간의 일을 털어놓았다. 공포에 떨며 한강 구역을 뛰쳐나온 것부터 아이를 다시 만난 것, 화이트아웃을 맞닥뜨린 것, 멀리서 들려오는 하울링을 좇아 화이트아웃에서 벗어난 것, 그리고 태하의 시신을 발견한 것까지.

그 순간 어딘가에서 낯선 하울링이 들려왔다. 아주 멀리서 울부짖는 듯 어렴풋하게, 한편으로는 그 먼 곳에 분명히 존재하리라고 확신할 수 있을 만큼 선명하게. 그 소리에 유안이 화들짝 놀라 주위를 두리번거렸다. 화린은 반짝이는 눈동자로 유안을 마주 보았다.

"이제는 내가 아이를 도와줄 차례예요."

마치 자신을 향해 재차 말하듯이 화린은 한 자 한 자에 힘을 한껏 실어 발음했다.

"이 소리를 따라가려 해요. 아이의 시신을 찾으려고요."

유안은 보이지 않는 것들에 대해 생각했다. 보이지는 않으나 기어코 존재하는 것들에 대해. 죽어 묻힌 것들과 죽은 듯 묻혀 있으나 여전히 살아 있는 것들, 시간의 흐름을 따라 잊히길 원하는 것들과 그 흐름을 거슬러 기억되길 원하는 것들에 대해. 그 모든 것들이 뒤섞여 있다면 어떻게 알아볼 수 있을까? 유안은 태하가 묻힌 자리를, 이미 눈으로 덮여 다른 땅처럼 새하얗기만 한 눈밭을 내려다보며 다짐했다. 살아야지. 더 많은 것들을 제대로 마주하고 기억할 수 있도록. 유안은 화린의 손을 잡았다.

"같이 가요."

저편에서 어느 짐승의 울부짖는 소리가 한 번 더 울려왔다.

언제 다다르게 될지 아직은 알 수 없는, 저편에서.

작가의 말

 광활한 설원과 그 위를 달리는 개 썰매, 모닥불, 온실, 생명 도감, 화이트아웃, 아주 먼 곳에서 들려오는 하울링. 이것들은 오랫동안 내 머릿속을 선명히 떠다니던 이미지였다. 언젠가는 이 이미지를 핵심으로 삼은 소설을 반드시 쓰게 되리라고 생각해 왔다.
 그러나 피와 무기, 설원에서 죽어 가는 사람, 전소한 건물을 같이 그리게 될 줄은 몰랐다. 쓰기 힘든 것을 쓰는 방법을 다시 한번 배웠다.

 소설 속 인물들에게 미안하다. 나의 일부를 떠맡긴 그들을 비정한 세계에 집어넣는 것이 사실은 괴로웠다.

끊임없이 뼈와 살을 깎아 내는 추위가 조금씩 내 몸의 일부가 되는 기분으로 썼다.
 앞으로도 오랫동안 몸의 일부가 이따금 시리는 채로 살아가게 되지 않을까 한다.
 그러고 싶다.

 *

 잊힌 것들에 대해 쓰고 싶다는 생각에서 출발한 소설이다.
 언젠가부터는 기억에 대해 쓰고 있다고 느꼈다.

 소설을 쓰고, 고치고, 또 고치는 지난한 과정에서 마지막까지 시달렸던 질문이 있다.
 그래서 이들은 왜 살아가야 할까? 나였다면 왜 이곳에서 살아가고자 했을까? 무엇이 나를 기어코 살게 했을까?
 그 대답을 '기억'에서 찾았다. 내가 사라지면 내 기억이, 내가 품은 다른 존재들의 기억이 사라질 테고, 그러니 가능한 한 살아 보고 싶고. 또한 나와 함께했던 누군가는 내 기억을 품고 살아갈 테니, 막상 내 몸이 사라질 때가 된다면 그것도 별문제가 아닐 것 같고. 이런 마음으로 살고 죽지 않았을까 한다.

유안과 화린을 살게 했던 것과 기주와 백건을 살게 했던 것이 다르다. 처음 쓸 때는 그런 의미 없이 저절로 썼지만, 이들이 결말에서 서로의 손을 잡고 함께 나아가게 된 건 결국에는 이런 이유 때문이었을 것이다.

*

허겁지겁 눈 속을 파헤쳐 무언가를 찾는 꿈을 자주 꾸었다. 대부분이 얼어붙은 사람의 시신이었다. 그 사람의 얼굴을 박박 닦아 내며 그게 누구인지 알아내려 애썼다. 모르는 얼굴이 아닌데. 누구지. 내가 아는 사람인데……. 아, 그런데 이게 무슨 의미가 있지.

끝내 알아내지 못한 채 퍼뜩 잠에서 깨어난 밤이면 얼굴이 눈물에 젖어 있었고, 발치에서는 몸을 둥글게 말고 잠든 고양이의 체온이 느껴졌다. 고양이의 허리에 옆얼굴을 대어 보면 보드랍고 따끈했다. 고르게 호흡할 때마다 몸이 부풀다가 가라앉다가 했다. 색색대는 숨소리를 듣고 싶어서 좀 더 세게 끌어안으면…… 귀찮은지 짜증스러운 울음소리를 내고 휙 가 버리곤 했다.

*

듣고 있어요.
저편에서.

*

듣고 있다고 믿어요.
저편에서.

고맙습니다.

2025년 가을

윤강은

발문

인류세의 주체가 상상한 새로운 연대

이소(문학평론가)

 생존이라는 말을 들으면 언제나 양가적인 마음이 든다. 어떻게든 홀로 살아남으라는 신자유주의의 명령은 징그럽지만, 척박한 땅에 끝내 뿌리를 내리려 버둥거리는 생명의 안간힘에는 부정할 수 없는 숭고함이 있다. 아스팔트 위에 피어난 꽃 한 송이든, 겨울을 버티는 길고양이든, 인큐베이터 속에서 연약한 숨을 내쉬는 신생아든, 어떤 고집과 끈기는 결코 징그러워 보이지 않는다. 아마도 나뿐만 아니라 많은 이에게 생존은 이렇듯 이중적인 태도를 요구했을 것이다. 나의 문제일 때는 초연하게, 타인의 문제일 때는 사려 깊게. 그러나 오늘날 생존은 전혀 다른 것이 되어 버린 듯하다. 우리의 삶을 둘러싼 모든 것이 생존의 그물망 위에서 출렁이고, 나의 생존과 타인의 생존을 나누는 경계는 더 이상 유효하지 않아 보인다. 인간이라면 생존을 넘어서는 가치와 이상을 추구해야 한다고 믿어 온 모든 제도와 체계가 붕괴하는 중이다. 이제 생존은 최소한의 삶을 뜻하지 않는다. 그것은 우리가 어떤 세계를 지속시키고 어떤 삶의 조건을 지켜 낼 것인가를 묻는, 가장 절박한 공동의 과제가 되어 버렸다. 생존에 관한 이야기들이 새롭게 발명되어야 할 시간이 온 것이다.

『저편에서 이리가』는 다섯 명의 청년이 근미래 얼어붙은 한반도에서 살아가는 모습을 그린다. 한강 구역, 온실 마을, 압록강 기지를 오가는 이들은 정주민이면서도 유목민 같고 이주민이면서도 경계인처럼 보일 만큼 끊임없이 변화하고 움직이는 존재들이다. 모두 청년이자 가족이 없다는 점에서 근대소설의 '고아' 주인공들을 연상시키기도 하고, 이들이 반목하다가 결국 벗어나고야 마는 세 구역이 전통적인 정치체제의 은유처럼 보인다는 점에서 생태 위기 시대의 성장소설로 읽히기도 한다. 그러나 이들의 성장이 기존의 성장과 같다고 할 수는 없다. 지금까지 인간의 성장은 자아의 생존에서 타자의 생존으로, 더 나아가 생존 너머의 가치로 시야를 확장하는, 곧 생존을 지양하는 과정으로 여겨졌다. 그러나 인류세 시대에는 성장과 생존, 생존과 연대가 분리되지 않는다. 바야흐로 생존주의 시대가 도래한 것이다. 이들은 부모 세대의 유산을 계승해 발전시키는 대신 스스로 동류를 발견하고 고향과 단절하며 살아남기 위한 선택을 거듭한다. 생태 위기 시대를 살아갈 역사적 주체, 기존의 집단주의와 결별하고 새로운 연대를 구성하는 인류세의 주체가 출현한 셈이다.

 애초부터 경계를 넘나드는 짐꾼이었던 유안과 화린뿐 아니라, 경계를 지키는 군인이었던 백건과 기주조차 영토를 지키는 전쟁에서 명예로운 죽음을 택하지 않는다. 소설은 단 한 번도 살고 싶다는 마음을 폄하하지 않으며, '나는 도망치지 않아.'라고 말하는 대신 '살기 위해 온 힘을 다해 도망치자.'라고 외친다. 중요한 것은 누구의 손을 잡고 누구를 기억하며 어디로 향하는지다. 생존이 유일한 가치가 되어 버린 혹독한 시대에도 이들은 여전히 삶의 의미를 묻고 정체성을 의심하며 사라진 자들을 기억하는 일을 멈추지 않는다. 생존이 파렴치하지 않으려면, 생존을 포기하는 것이 가장 윤리적인 선택이 되지 않으려면, 생존과 사랑을 결합한 새로운 생존주의가 발명되어야 한다. '왜 하필 내가 살아남았는가?'라는 질문에서 출발하여, 죽은 자와 살아남은 자 사이에는 아무런 차이도 없음을 기억하는 생존주의. 그것은 타인의 생존을 희생하는 냉혹함도, 나의 행복을 포기하는 의무감도 아닌, 과거를 애도하고 미래를 상상하며 지금 이곳을 함께 가꿔 가는 생존이다.

생존이 반드시 고독해야 할 이유는 없을 것이다. 백건이 감당해야 했던, 미끄러운 빙판에서 벌어지는 위태로운 제로섬 게임이 우리의 미래이길 원치 않는다면, 좋았던 날에 집착하거나 가망 없는 낙관에 기대는 대신 자신의 시신을 찾아 달라는 희미한 목소리, "부피가 없으나 분명 이곳에 있는 무언가"(54쪽)의 미력한 목소리에 귀를 기울여야 한다. 그 목소리가 인간의 것이든 비인간의 것이든, 아는 자의 것이든 모르는 자의 것이든, 살아 있는 자는 사라진 자들에게 빚지고 있기에 응답의 의무가 있다. 실은 이미 공존 없는 생존이 불가능한 지 오래되었다. 다만 우리가 여전히 위를 바라보는 무모한 탐욕을 부리고 있을 뿐이다. 그러니 생존의 길은 소설이 알려주듯, 남을 밟고 올라서는 수직의 방향에서도, 타자를 배제하기 위해 높다랗게 세운 담벼락의 폐곡선에서도 아닌, 주위를 둘러보고 곁을 보살피는 수평의 방향에서 열릴 것이다.

한편으로 소설은 사회의 불가능성과 이념의 무의미함을 암시하는 것처럼 읽히기도 한다. 더 큰 사회를 찾아 떠난 태하의 실패나 한반도 내 모든 사회가 붕괴하는 모습이 그러하듯, 소설은 구축하려는 자보다 탈주하려는 자에게 훨씬 더 관대한 것처럼 보인다. 그러나 떠나는 것만큼이나 머무는 일 또한 쉽지 않을 것이다. 동물에게 서식지가 필요하듯 인간에게는 사회가 필요하고, 결국 누군가는 다시 군을 조직하고 온실을 세우고 철을 생산해야 할 것이다. 그러므로 남은 건 유안과 화린, 기주와 백건이 어떤 사회를 만들어 갈 것인지, 같은 실수를 반복하지 않고 지속 가능한 공동체를 세울 수 있을지와 같은 문제들이다. 소설의 실험은 이제 막 시작되었다. 앞으로 네 인물이 그려 낼 행로에는 더 많은 인간과 비인간이 필요해 보인다.

어디로 가야 할지 알 수 없지만 지금 이곳을 벗어나야 한다는 것만큼은 분명한 시대. 인간이 어떤 존재가 되어야 할지는 모르지만 현재의 정체성에서 벗어나야 한다는 것만큼은 절감하는 시대. 현실이 풀 수 없는 문제를 소설이라고 해결할 방법은 없겠지만, 소설은 멸종 이후의 세계를 펼쳐 두고 지구와 우리를 위한 아름다운 이야기를 제공할 수 있다. 어쩌면 과거를 품고 미래를 펼치는 것이야말로 문학이 할 수 있고 또 해야 하는 유일한 일인지도 모른다. 멸망의 대합실에서도 이야기는 미래를 빚는다. 그 이야기들이 서로 얽히며 미래의 가능성을 만들어 내길, '저편의 이리'를 기억하면서 '눈 속의 씨앗'을 믿어 볼 수 있길, 그리고 그 일을 이제 막 시작한 소설가가 지치지 않고 이야기의 힘을 믿을 수 있길, 진심으로 응원과 지지를 보낸다.

심사평

『저편에서 이리가』는 서로 어울리지 않는 것들이 매력적으로 공존하고 있었다. 땅은 무너졌지만 하늘은 푸르고 세계는 참혹하게 부서졌지만 전선을 오가는 사람들은 따뜻한 희망을 품고 있었다. 처음엔 그 이질감이 어색하고 어울리지 않다고 느꼈는데 소설을 다 읽었을 땐 머리 아닌 마음이 먼저 반응했다는 것을 깨달았다. 빛이 있는 한 파괴된 정원에서 싹이 난다. 사람들은 종말을 앞두고도 서로를 껴안고 사랑과 감사의 말을 주고받는다. 그 믿음 때문에 환경과 상황에 휘둘리지 않고 삶을 향해 모종의 선을 넘어 앞으로 나아가는 이 이야기가 허구로만 느껴지지 않았다. 진짜로 그런 세계에 살게 된다면 소설에서처럼 언어적 서정으로 밤을 보내고 낭만적인 마음으로 내일을 맞이하는 근사한 사람이 되면 좋겠다는 기대심도 있었다. 때로는 이야기라는 논리가 사람이라는 가능성을 축소하고 부정한다는 것을 안다. '말이 되는 이야기'를 읽어 내려 개연과 필연을 찾는 딱딱한 눈동자가 '삶이 되고 싶은 말'을 이야기로 만든 소설을 읽고 부드럽게 열리고 말았다.
—정용준(소설가)

당선작으로 의견이 모인 『저편에서 이리가』는 한반도라는 공간을 새롭게 해석하고 활용하는 방식이 매력적이었다. 작품이 보여 주는 섬세한 문장의 힘과 리듬, 전체적인 만듦새, 다양한 인물들의 개성과 사연, 무엇보다 눈과 얼음 속에서도 끝내 꺼지지 않는 온기가 미더움을 주었다. '오늘'의 '젊은' 작가를 선택하는 이 상의 취지에 가장 부합하는 소설이라는 결론이었다. 마음을 담아, 이편에서의 축하와 응원을 건넨다.
—문지혁(소설가)

『저편에서 이리가』는 지구 전체가 눈으로 뒤덮인 어느 미래, 얼어붙은 한반도에서 살아가는 사람들의 삶을 이야기한다. 충분히 아포칼립스적인 상황이지만, 묘하게도 이 소설은 암울하지 않다. 살아남기 위해 투쟁하며 죽고 죽이는 대신, 『저편에서 이리가』에 등장하는 인물들은 어떻게든 관계를 이어 가고자 한다. 그 애틋한 따뜻함이 종말의 얼음까지 녹일 수 있으리란 기대가 드는 소설이었다. 심사위원들은 이 사랑스러운 작품을 당선작으로 선정하는 데 이견을 보이지 않았다. 진심으로 축하드리며, 앞으로 계속해서 멋진 소설을 써주시길 바란다.
—김희선(소설가)

 상상에는 한계가 없다는 말과 달리 현실에서는 어떤 상상도 국경 하나를 쉽게 넘지 못한다. 한국 현대 소설의 무대도 남한이라는 지리적 경계와 심리적 한계에 갇힌 지 오래다. 『저편에서 이리가』는 그 경계와 한계를 가볍게 뛰어넘으며 아득한 과거와 막막한 미래를 한데 섞는다. 미래의 어느 시점, 얼어붙은 한반도에서 개 썰매를 타고 이리저리 오가는 청춘들의 사연은 원시적이면서도 정직하고, 살벌하지만 온기가 느껴진다. 무엇보다 시추선의 깊이보다 쇄빙선의 파괴력에 더 가까운 이 소설은 친구라는 말이 사라진 시대에도 끝까지 우정을 포기하지 않는다. 한반도를 종횡무진 이동하는 과감한 움직임, 그 뒤로 퍼지는 매력적인 하울링, 생존해야 하지만 생존에만 함몰되지 않는 강력한 의지에서 '오늘'의 '작가'를 만난다.
—박혜진(문학평론가)

『저편에서 이리가』는 생존주의 시대에 어울리는 사랑을 재발명하는 다양한 모색이 기억에 남았다. 극단적 환경에서 살아남기 위해 무언가 버리는 길을 선택하기보다 오히려 애도와 사랑을 상상하고 실천하는 인물들의 우정이 사려 깊고 아름다워 보였다. 공존을 위해 누군가의 생존을 포기하는 비정함도, 공존을 위해 나의 행복을 희생하는 당위도 아닌, 공존을 위해서라도 당신과 내가 함께 삶을 꿈꿔야 한다는, 생존주의 시대에 필요한 생존과 사랑의 결합 관계를 탐구하는 이 작품의 모험에 진심으로 동참하고 싶었다. 우리에게는 더욱더 많은 사랑이 필요할 것이다. 그리고 그 사랑은 작품에서처럼 비인간을 향해서도 충분히 확장될 수 있을 것이다. 새로운 세대와 새로운 시대와 새로운 사랑, 이 모든 게 필요한 시절이다. 이어질 다음 이야기를 읽고 싶어진다. 진심으로 응원과 축하의 마음을 전한다.

—이소(문학평론가)

오늘의
젊은 작가
53

저편에서 이리가

윤강은 장편소설

1판 1쇄 찍음 2025년 10월 17일
1판 1쇄 펴냄 2025년 10월 31일

지은이　윤강은
발행인　박근섭·박상준
펴낸곳　(주)민음사

출판등록　1966. 5. 19. 제16-490호
주소　　　서울시 강남구 도산대로1길 62(신사동)
　　　　　강남출판문화센터 5층(06027)
대표전화　02-515-2000 | 팩시밀리　02-515-2007
홈페이지　www.minumsa.com

ⓒ 윤강은, 2025. Printed in Seoul, Korea

ISBN　978-89-374-7737-9 (04810)
ISBN　978-89-374-7300-5 (세트)

* 잘못 만들어진 책은 구입처에서 교환해 드립니다.

당신이 소장해야 할
한국문학의 새로움,
오늘의 젊은 작가 시리즈

01 아무도 보지 못한 숲　　조해진
02 달고 차가운　　오현종
03 밤의 여행자들　　윤고은
04 천국보다 낯선　　이장욱
05 도시의 시간　　박솔뫼
06 끝의 시작　　서유미
07 한국이 싫어서　　장강명
08 주말, 출근, 산책 : 어두움과 비　　김엄지
09 보건교사 안은영　　정세랑
10 자기 개발의 정석　　임성순
11 거의 모든 거짓말　　전석순
12 나는 농담이다　　김중혁
13 82년생 김지영　　조남주
14 날짜 없음　　장은진
15 공기 도미노　　최영건
16 해가 지는 곳으로　　최진영
17 딸에 대하여　　김혜진
18 보편적 정신　　김솔
19 네 이웃의 식탁　　구병모
20 미스 플라이트　　박민정
21 항구의 사랑　　김세희
22 두 방문객　　김희진
23 호재　　황현진
24 방콕　　김기창
25 오늘의 엄마　　강진아
26 아는 사람만 아는 배우 공상표의 필모그래피　　김병운
27 모두 너와 이야기하고 싶어 해　　은모든
28 내가 말하고 있잖아　　정용준
29 더 셜리 클럽　　박서련
30 초급 한국어　　문지혁
31 스노볼 드라이브　　조예은